Klarant Verlag

Die gebürtige Ostfriesin **Sina Jorritsma** aus der Krummhörn studierte in Hamburg Germanistik und Philosophie, bevor sie wieder in ihre Heimat zurückkehrte. Sie veröffentlicht unter Pseudonym, weil sie ihre Umgebung genau beobachtet und Ereignisse aus ihrem Leben in ihre Geschichten einfließen. Das Romaneschreiben ist ihr kleines Geheimnis, das nur wenige Menschen kennen. Bei einer großen Kanne Ostfriesentee mit Sahne und Kluntjes kann sie halbe Nächte durchschreiben, tagsüber hält sie sich mit Joggen fit. Sina Jorritsma lebt mit ihrer Familie in einem kleinen Ort bei Emden.

Sina Jorritsma

Juister Düfte

Ostfrieslandkrimi

Klarant Verlag

Copyright © 2019 Klarant GmbH, 28355 Bremen
Klarant Verlag, www.klarant.de – www.ostfrieslandkrimi.de
ISBN: 978-3-95573-957-7
1. Auflage 2019
Umschlagabbildung: Klarant Verlag

Kapitel 1

Auf Juist herrschte an diesem Mittwoch windiges Frühsommerwetter. Kommissarin Antje Fedder und Kommissar Roland Witte waren auf Fußstreife, um auf »ihrer« Insel nach dem Rechten zu sehen. Antje drückte sich die Uniformmütze fester auf ihre blonden Haare, damit sie nicht von der nächsten Bö weggeweht wurde.

Ihr war aufgefallen, dass ihr Kollege sie schon seit Dienstbeginn aus den Augenwinkeln heraus musterte. Gewiss, er tat es unauffällig. Doch Antje war eine gute Beobachterin. Ihr entging so leicht nichts.

»Habe ich eigentlich einen Pickel auf der Nase, Roland? Oder gibt es einen anderen Grund dafür, dass du heute deine Augen nicht von mir lassen kannst?«

Der große dunkelhaarige Polizist zuckte mit den Schultern.

»Ich glaube, das bildest du dir nur ein. Und auf eine Hautunreinheit hätte ich dich schon hingewiesen. Ganz diskret, versteht sich.«

Antje knurrte unwillig.

»Als ob vornehme Zurückhaltung deine starke Seite wäre!«

Die Kommissarin ließ sich nicht für dumm verkaufen. Sie war schon länger davon überzeugt, dass Roland heimlich Gefühle für sie entwickelt hatte. Das fand sie eigentlich ganz schmeichelhaft, obwohl sie Beruf und Privatleben lieber getrennt halten wollte. Das war auf einer so kleinen Insel wie Juist allerdings nur bedingt möglich.

Bevor ihr Kollege etwas entgegnen konnte, ertönte ein schriller Schrei aus einer Frauenkehle. Die beiden Ordnungshüter rannten sofort los. Sie befanden sich auf der Friesenstraße, die den Ortskern von Juist durchzieht. Ein

Stück weit vom *Filmtheater mitten im Meer* entfernt befand sich der kleine Laden *Juister Düfte*.

Die offen stehende Tür des Geschäfts wurde durch eine Frau in den Sechzigern blockiert. Sie hatte die flachen Hände vor den Mund geschlagen, ihre Augen waren weit aufgerissen. Ihr Blick wanderte schnell von einem gemütlich vorbeizockelnden Pferdefuhrwerk zu einem Radfahrer, der abgestiegen war und sich ihr mit besorgtem Gesichtsausdruck näherte. Schließlich bemerkte sie die uniformierten Polizisten und winkte ihnen zu.

»Kommen Sie schnell ... es ist etwas Furchtbares passiert!«

Antje hatte die Frau als Erste erreicht und berührte sie sanft an den Schultern. Die Unbekannte trug eine Strickjacke, eine Caprihose und Sneakers. Sie war bleich, der Schreck stand ihr ins Gesicht geschrieben.

»Und was genau hat sich ereignet?«, fragte die Kommissarin ruhig, aber eindringlich. Eine Antwort bekam sie nicht, aber die Frau gab die Tür frei. Die Polizisten betraten das Ladenlokal.

Offenbar wurden dort ausschließlich Seifen, Shampoos, Lotions und andere Pflegeprodukte verkauft. Das war für Antje jetzt allerdings nebensächlich, denn sie sah einen leblosen weiblichen Körper auf den blank gescheuerten Holzdielen liegen. Sie kniete sich neben die Frau und tastete nach der Halsschlagader. Die Haut fühlte sich hart und kalt an, ein Pulsschlag war nicht zu bemerken. Die blauen Augen des Opfers starrten in Richtung Zimmerdecke.

»Verflixt, das ist doch Marieke Halsema!«

Dieser Satz kam von Roland. Antje drehte sich zu ihrem Kollegen um.

»Du kennst die Frau?«

»Ja, aber nur flüchtig. Ihr gehört dieser Laden und außerdem auch noch die Strandbar *Mariekes Bar* am Weststrand.«

Was war hier geschehen? Hatte ein Gewaltverbrechen stattgefunden oder war Marieke Halsema eines natürlichen Todes gestorben? Diese Fragen beschäftigten Antje, während sie sich den Leichnam genauer anschaute. Äußere Verletzungen waren auf den ersten Blick nicht zu erkennen. Es gab keine Würgemale, weder Schuss- noch Stichwunden. Aber auch ein Gifttod musste in Betracht gezogen werden. Die im Tod verzerrten Gesichtszüge deuteten jedenfalls nicht auf ein friedliches Einschlafen hin.

Die Leiche lag mitten im Laden, nur eine Armeslänge weit von der weiß gestrichenen hölzernen Verkaufstheke entfernt. Die betörenden Wohlgerüche der Seifen und Cremes wollten nicht so recht zum Anblick eines Leichnams passen.

Antje erinnerte sich daran, wie sie während der Polizeiausbildung zum ersten Mal einen toten Menschen gesehen hatte. Das war auf dem Seziertisch eines gerichtsmedizinischen Instituts gewesen. Dort hatte es penetrant nach Desinfektionsmitteln gerochen.

»Antje.«

Rolands leiser Ruf riss sie aus ihren Erinnerungen. Ihr Kollege stand unweit der Ladentür. Er hatte sich Latex-Handschuhe übergezogen, wie es an einem potentiellen Tatort immer geschehen sollte. Der Kommissar hielt mit Daumen und Zeigefinger einen bunten Seidenschal hoch.

»Was meinst du, könnte das die Tatwaffe sein?«, fragte er.

Antje legte die Stirn in Falten.

»Es sieht nicht so aus, als ob das Opfer stranguliert worden wäre.«

»Das nicht, aber Marieke könnte erstickt worden sein.«

Roland knüllte den Schal zusammen und fuhr fort: »Wenn man den Stoff fest genug auf ihren Mund und ihre Nase gedrückt hat, dürfte sie chancenlos gewesen sein.«

Die Kommissarin nickte langsam.

»Das ist möglich, Kampfspuren kann ich hier allerdings keine entdecken. Wo hast du den Schal gefunden?«

»Er steckte im Schirmständer, deshalb bin ich überhaupt darauf aufmerksam geworden. Dort hat er gewiss nichts zu suchen.«

Da hatte er recht.

Woher Roland das Opfer wohl kannte?

Marieke musste zu Lebzeiten sehr attraktiv gewesen sein.

Ob er etwas mit ihr gehabt hatte?

Der dunkelhaarige Kommissar war ein Frauentyp, darüber machte Antje sich keine Illusionen. Sie ärgerte sich eigentlich nur über sich selbst, weil sie einen Anflug von Eifersucht spürte. Dabei lief doch gar nichts zwischen ihrem Kollegen und ihr!

Konzentriere dich lieber auf den Fall, dumme Gans! sagte sie innerlich zu sich selbst, während sie sich aus ihrer hockenden Position erhob.

»Könntest du bitte den Tatortkoffer aus der Dienststelle holen?«, fragte sie. »Ich rede inzwischen mit der Zeugin.«

»Ja, klar.«

Roland wandte sich um und eilte im Laufschritt Richtung Carl-Stegmann-Straße, wo sich die Juister Polizeiwache befand.

Antje ging zu der älteren Frau hinüber, die vor dem Laden wartete und sich inzwischen halbwegs beruhigt hatte. Die Kommissarin bat sie mit einer Handbewegung hineinzugehen.

»Wie heißen Sie?«, fragte Antje freundlich.

»Renate Kröger. Ich komme aus Bielefeld und mache hier auf Juist Urlaub.«

»Bitte berichten Sie mir, wie es zu dieser ... Entdeckung kam.«

»Das ist schnell erzählt«, sagte Frau Kröger. »Ich bummelte durch die Friesenstraße und suchte nach einem originellen Mitbringsel für meine Schwester. Also kein Seehund aus Plastik oder ein Sammelteller mit dem Memmertfeuer, sondern etwas Besonderes. Da sah ich diese handgemachten Seifen im Schaufenster. Ich betrat den Laden - und es war niemand da. Außer ... ihr.«

Die Zeugin deutete mit zitterndem Zeigefinger auf die Tote.

»Dann haben Sie geschrien?«, vergewisserte Antje sich.

»Ja, und gleich darauf sind Sie und Ihr Kollege schon gekommen. - Was ist denn mit der armen Frau geschehen? War sie krank? Sie war doch höchstens fünfunddreißig!«

»Zur Todesursache kann ich noch nichts sagen«, erwiderte die Kommissarin. Sie schaute auf ihre Armbanduhr. Es war jetzt wenige Minuten nach zehn Uhr vormittags. Wie lange die Leiche wohl schon im Laden gelegen hatte? Laut einem pastellfarbenen Pappschild im Schaufenster öffnete *Juister Düfte* um neun Uhr. Da Frau Kröger hereingekommen war, musste Marieke Halsema logischerweise bereits aufgeschlossen haben.

Mord oder natürliche Todesursache?

Antje war unschlüssig. Sie griff zum Smartphone, um Dr. Nobis anzurufen. Er war einer der auf Juist ansässigen Kurärzte. Der Mediziner konnte eine erste Einschätzung geben und den Totenschein ausstellen. Wenn keine eindeutige Diagnose möglich war, würde es sowieso eine Obduktion geben müssen. Der Arzt versprach, so schnell wie möglich zu kommen.

Frau Kröger stand immer noch bei der Tür. Ihre anfängliche Panik war inzwischen Neugierde gewichen.

»Wurde die junge Frau getötet?«, fragte sie.

»Ich notiere mir jetzt nur kurz Ihre Personalien. Ihre Aussage nehmen wird dann später schriftlich auf. Wie lange sind Sie denn noch auf Juist?«

Frau Kröger wohnte in der Pension *Memmertblick* und blieb noch eine ganze Woche. Antje nahm die Personalien auf und begleitete sie dann zur Tür.

»Sie können jetzt gehen. Ich wünsche Ihnen noch einen schönen Aufenthalt auf unserer Insel.«

Die Zeugin wirkte enttäuscht. Sie wäre gewiss gern in der Nähe geblieben, um die weitere Entwicklung zu beobachten. Doch sie nickte Antje nur folgsam zu und machte sich von dannen.

Während die Kommissarin auf Dr. Nobis und Roland wartete, schaute sie sich die Leiche genauer an. Marieke Halsema trug eine weite blaue Hose im Marlene-Dietrich-Stil, außerdem elegante Sandaletten und ein weißes T-Shirt. Die goldenen Ringe und der Armreif an ihrem linken Handgelenk waren nach Antjes Meinung kein Modeschmuck, sondern echtes Geschmeide von einem beträchtlichen Wert.

Die Kommissarin hatte ebenfalls Latex-Handschuhe übergestreift. Sie ging nun hinter die Verkaufstheke und öffnete die Registrierkasse. Das Gerät wirkte nostalgisch, war aber hochmodern. Die Ladenbesitzerin hatte es zweifellos angeschafft, weil es zu ihrer Einrichtung passte. *Juister Düfte* war ein Geschäft, in dem die behagliche Atmosphäre früherer Jahrhunderte herrschte. Antje konnte sich vorstellen, dass die Seifen und Shampoos sich gut verkauften.

In der Kasse befanden sich jedenfalls mehrere hundert Euro. Falls ein Verbrechen geschehen war, ließ sich ein Raubmord ausschließen. Es sei denn, der Täter wäre gestört worden.

Die Kommissarin lehnte sich gegen die Theke und blickte durch das Schaufenster nach draußen. Der schmale Laden befand sich an einer der belebtesten Juister Straßen. Von hier aus war das Rathaus nur einen Steinwurf weit entfernt.

Wer Marieke Halsema ermordete, musste damit rechnen, durch plötzlich hereinkommende Kunden überrascht zu werden.

Wirklich?

Antje führte sich vor Augen, dass sie selbst unzählige Male an den *Juister Düften* vorbeigegangen war, ohne dort einzutreten. Sie kaufte ihr Duschgel und ihr Shampoo im Supermarkt. Andererseits war die Kommissarin keine Urlauberin, sondern wohnte ganzjährig auf der beliebten Ferieninsel. Höchstwahrscheinlich hatte Marieke Halsema hauptsächlich von den Touristen gelebt, die ein ungewöhnliches Souvenir erwerben wollten. Die wenigen Insulaner reichten gewiss nicht aus, um einen Laden in einer so exklusiven Lage betreiben zu können.

Die Türglocke läutete und Dr. Nobis trat ein. Die Kommissarin begrüßte den Medizincr, der sofort mit der Untersuchung der Toten begann.

Kurz nach ihm kehrte Roland mit dem Tatortkoffer zurück.

»Woher kanntest du die Frau eigentlich?«, wollte Antje von ihrem Kollegen wissen.

»Auf Juist trifft man doch immer dieselben Leute, jedenfalls außerhalb der Saison«, gab der Kommissar zurück. Es entging ihr nicht, dass seine Antwort vage blieb.

»Also, mir ist Marieke Halsema niemals aufgefallen.«

»Mag sein, Antje. Dabei ist ihre Strandbar ein echter Geheimtipp.«

»Wenn ich etwas trinken gehen möchte, dann am liebsten bei meinem Vater.«

»Ich mag die *Juister Kajüte* deines alten Herrn ja auch«, beteuerte Roland, »aber ich bin eben für Abwechslung.«

Das gilt wohl auch für Frauen! Antje musste sich auf die Zunge beißen, um diesen Gedanken nicht laut auszusprechen.

Eigentlich hätte es ihr doch egal sein können, mit wem ihr Kollege sich in seiner Freizeit traf. Das war es aber nicht. Sie musste unbedingt herausfinden, worin die Verbindung zwischen dem Kommissar und der Toten bestand.

Kapitel 2

Witte fühlte sich nicht besonders wohl in seiner Haut.

Er konnte Antjes Misstrauen förmlich mit Händen greifen. Dabei war er doch nur wegen seiner blonden Kollegin in den Seifenladen gegangen! Seit Witte Antjes Geburtsdatum kannte, wollte er ihr unbedingt etwas schenken. An einem Abend in der *Juister Kajüte* hatte er ihren Vater ausgehorcht und geschlussfolgert, dass er Antje mit einer exklusiven Seife eine Freude machen könnte.

Der Kommissar war erst vor zehn Tagen in dem Geschäft gewesen. Natürlich hatte er bemerkt, wie attraktiv die Besitzerin gewesen war. Sie war einem Flirt nicht abgeneigt gewesen. Doch vielleicht hatte sie ihm auch nur schöne Augen gemacht, um ihre Produkte besser verkaufen zu können.

All das wollte er Antje jetzt nicht verraten, denn dann wäre die Geburtstagsüberraschung ruiniert gewesen. Außerdem war es nach Wittes Meinung noch keineswegs gesagt, dass hier ein Verbrechen vorlag. Es gab diverse Krankheiten, die einen Menschen plötzlich und unerwartet dahinraffen konnten.

Dr. Nobis hob den Kopf und wandte sich an die Ermittler.

»Nach dem Zustand der Leiche zu urteilen, muss der Tod erst vor kurzem eingetreten sein. Wir reden über einen Zeitraum von ein bis zwei Stunden.«

»Und was ist mit der Todesursache?«, wollte Antje wissen. Sie war jetzt sehr konzentriert und angespannt, das konnte Witte an ihrer Stimme hören. Seine Kollegin nahm ihren Beruf ernst, aber das tat er selbst auch. Antje neigte allerdings manchmal zur Verbissenheit. Wenn sie sich auf einen Verdächtigen versteift hatte, war sie nicht mehr so leicht davon abzubringen. Witte hingegen wollte immer alle

Möglichkeiten berücksichtigen. Allerdings musste er zugeben, dass er manchmal so richtig danebenlag.

»Leider kann ich die Todesursache mit meinen hiesigen Möglichkeiten nicht feststellen«, räumte der Kurarzt ein. »Ein Fremdverschulden lässt sich jedenfalls nicht ausschließen. Ich schlage vor, dass Sie eine Obduktion im gerichtsmedizinischen Institut Oldenburg beantragen.«

»Ja, darum kümmere ich mich«, gab Antje zurück und griff zum Smartphone. In diesem Moment betrat eine Frau den Laden.

»Was ist denn hier los?«, fragte sie geschockt.

Witte ärgerte sich über sich selbst, weil er die Tür nicht abgeschlossen hatte. Er schob sich zwischen die Besucherin und die Leiche, weil er der Touristin den Anblick ersparen wollte. Doch sie ließ sich nicht abdrängen.

»Lassen Sie mich vorbei, das ist meine Geschäftspartnerin! - Marieke, was ist mit dir?«

Der Kommissar schätzte die neu Hinzugekommene auf ungefähr fünfzig Jahre. Mit ihrer Kurzhaarfrisur und ihrem sparsamen Make-up erinnerte sie ihn an die Rektorin der Schule, auf die sein kleiner Neffe ging. Diese Dame führte in ihrer Lehranstalt ein strenges Regiment.

Die Frau presste die Lippen aufeinander, als sie die Tote genauer betrachtete. Witte konnte sich schwer vorstellen, dass sie in Tränen ausbrechen würde. Dafür hatte sie sich selbst zu gut unter Kontrolle. Und mit dieser Einschätzung behielt er recht.

»Wer hat das getan?«, fragte sie mit metallisch klingender Stimme.

»Noch ist nicht gesagt, dass Fremdverschulden vorliegt«, erwiderte Antje. »Wer sind Sie, wenn ich fragen darf?«

Die Frau stieß einen Seufzer aus und musterte die Polizistin von oben bis unten.

»Wie ich schon sagte, Marieke ist - war - meine Geschäftspartnerin. Mein Name ist Ella Molden.«

Sie reckte ihr Kinn hoch. Offenbar erwartete sie, dass dieser Name Antje etwas sagte. Die blieb allerdings offensichtlich unbeeindruckt, und auch bei Witte klingelte nichts. Er nahm sich vor, später in den Suchmaschinen zu stöbern. Doch zunächst wandte er sich an die resolute Dame.

»Frau Halsema besaß nicht nur diesen Laden, sondern auch eine Strandbar. Sind Sie an beiden Unternehmen beteiligt?«

Ella Molden schnaubte ironisch, als sie sich dem Kommissar zuwandte.

»Ich glaube kaum, dass zwei Dorfpolizisten den Mord an meiner Partnerin und Freundin aufklären können.«

Falls sie vorgehabt hatte, Witte herauszufordern, ging dies gründlich daneben. Auf solche plumpen Provokationen antwortete er stets mit ausgesuchter Höflichkeit.

»Wenn das Ihre Meinung ist, kann ich daran nichts ändern. Trotzdem möchte ich Sie darum bitten, meine Frage zu beantworten.«

Frau Molden verschränkte die Arme vor der Brust.

»Ich bin nur an den *Juister Düften* beteiligt, wenn Sie es unbedingt wissen müssen. Diese Strandbar halte ich für eine Schnapsidee.«

»Warum?«, hakte Witte nach.

»Weil Marieke sich dadurch völlig verausgabt hat! Tagsüber im Laden stehen und nachts an irgendwelche Kerle Flaschenbier verkaufen - da kommt doch der Schlaf zu kurz. Ganz abgesehen davon, dass sie ständig belästigt wurde.«

»Ihre Geschäftspartnerin war sehr attraktiv.«

Mit dieser Feststellung schaltete Antje sich in das Gespräch ein.

Wenn dieser Spruch von mir gekommen wäre, hätte ich mir später wieder einen Vortrag über meine Oberflächlichkeit

15

anhören müssen, dachte der Kommissar, wobei er ein Schmunzeln unterdrückte.

Frau Molden wandte sich Antje zu.

»Ja, gewiss. Das sieht doch jeder, der keine Tomaten auf den Augen hat. Worauf wollen Sie hinaus?«

»Ich habe mich gerade gefragt, ob Marieke Halsema irgendwelche zurückgewiesenen Verehrer hatte, die sich womöglich an ihr rächen wollten.«

Die Geschäftspartnerin lachte kurz auf.

»Darauf können Sie wetten! Ihre männlichen Gäste waren doch alle hinter ihr her. Ihr Kollege hätte sich bestimmt auch für sie entflammt.«

Sie deutete auf Witte.

Na, toll! dachte er. *Jetzt wird Antje erst recht glauben, dass ich mit Marieke etwas hatte. Vielen Dank, Frau Molden!*

Seine Kollegin warf ihm einen Blick zu, den er nicht zu deuten wusste. Doch Witte spürte, dass Unheil im Anmarsch war. Es wurde Zeit, dass er wieder den Mund aufmachte.

»Haben Sie einen oder mehrere Namen für uns?«, wollte der Kommissar wissen.

Frau Molden legte die Stirn in Falten, sie wirkte nachdenklich.

»Da gibt es diesen Tom Brünjes, der Marieke anfangs in der Strandbar geholfen hat. Er glaubte, dass aus ihm und meiner Partnerin ein Paar werden würde. Doch Marieke machte ihm keine Hoffnungen und warf ihn hinaus. Daraufhin drohte er, dass sie es noch bereuen würde.«

»Wann war das?«, fragte Witte. Frau Molden zuckte mit den Schultern.

»So genau weiß ich das nicht. Vielleicht vor zwei oder drei Wochen. Ich führte nicht Buch über Mariekes Scherereien. Sie machte ja doch, was sie wollte.«

»Das klingt für mich so, als ob es öfter Ärger zwischen Ihnen und Ihrer Geschäftspartnerin gegeben hätte«, sagte Antje.

Frau Molden war offenbar auf Krawall gebürstet. Sie richtete ihren Zeigefinger wie eine Waffe auf Wittes Kollegin.

»Was soll dieser Unsinn? Es gab zwischen uns Reibereien, so wie überall in der freien Wirtschaft. Das können Sie als Beamte sich wahrscheinlich nicht vorstellen. Sie bekommen ja Ihr Gehalt unabhängig davon, ob Sie Leistung bringen oder nicht!«

Falls Ella Molden sich verdächtig machen wollte, dann hatte sie das spätestens in diesem Moment geschafft. Witte nahm es ihr nicht krumm, dass sie so negativ über Staatsbedienstete sprach. Doch sie wollte offensichtlich Konflikte unter den Teppich kehren. Und das versuchte sie, indem sie die Polizisten anging.

Der Kommissar tat, als ob er ihre Absicht nicht bemerkt hätte.

»Würden Sie den Laden jetzt bitte verlassen?«, sagte er. »Es handelt sich wahrscheinlich um einen Tatort und wir sind mit unseren Untersuchungen noch nicht fertig. Zuvor geben Sie uns aber bitte noch Ihre Telefonnummer. Wir müssen gewiss noch einmal mit Ihnen reden. «

Die Frau lachte, aber sie klang nicht amüsiert. Immerhin holte sie eine Visitenkarte aus ihrer Handtasche und knallte sie auf die Ladentheke. Antje steckte das Kärtchen ein.

»Eben gerade sagte Ihre Kollegin noch, dass es hier kein Verbrechen gegeben hätte. Können Sie sich vielleicht mal untereinander einigen?«

»Das habe ich *so* nicht gesagt«, stellte Antje klar. »Die Todesumstände sind nicht eindeutig, so viel steht fest. Und daher müssen wir alle Möglichkeiten in Erwägung ziehen.«

»Tun Sie doch, was Sie nicht lassen können!«, fauchte Ella Molden. »Ich werde mich jedenfalls über Sie und Ihre Unfähigkeit beschweren!«

Mit diesen Worten rauschte sie aus dem Geschäft. Das Glöckchen bimmelte anklagend. Witte wedelte mit der Hand, als ob er sich verbrannt hätte.

»Die Lady hat eindeutig Haare auf den Zähnen!«, witzelte er.

Der Arzt seufzte tief auf, so als ob er die ganze Zeit die Luft angehalten hätte.

»Mit der werden Sie noch Ihr Vergnügen haben!«, prophezeite er, packte seine Tasche und verabschiedete sich mit einem freundlichen Lächeln.

Antje telefonierte mit der Rechtsmedizin und forderte dann einen Rettungswagen an. Sie zog die Augenbrauen zusammen.

»Ich werde die Sanitäter bitten, dass sie die Leiche diskret fortschaffen und mit der nächsten Fähre aufs Festland bringen. Je eher das Obduktionsergebnis vorliegt, desto leichter lässt sich der Fall aufklären.«

»Falls es sich überhaupt um einen Kriminalfall handelt«, schränkte der Kommissar ein.

Antje stemmte die Fäuste in die Hüften und schaute ihm direkt in die Augen.

»Sag du es mir, Rollo! Du weißt doch viel mehr über die Tote als ich!«

Witte zuckte innerlich zusammen. Seine Kollegin nannte ihn nur dann Rollo, wenn sie sauer auf ihn war. Die Kommissarin wusste nämlich genau, dass er diesen Spitznamen nicht ausstehen konnte.

Er trat die Flucht nach vorn an: »Darf ich dich daran erinnern, dass wir nicht miteinander verheiratet sind? Wenn du nicht glaubst, dass zwischen Marieke und mir nichts gelaufen ist, dann tut es mir leid. Beweisen kann ich es jedenfalls nicht. Was ist eigentlich mit diesem Tom Brünjes? Kennst du ihn? Würdest du ihm ein Tötungsdelikt zutrauen?«

Antje wirkte nun etwas verlegen. So, als ob sie selbst bemerkte, dass sie zu weit gegangen war. Obwohl - hundertprozentig sicher war Witte niemals, was ihre Gefühle anging. Wäre das so gewesen, hätte er ein einfacheres Leben gehabt.

»Tom ist ein Hitzkopf«, murmelte die Kommissarin. »Er kam vor ein paar Jahren nach Juist und ist hier irgendwie hängengeblieben. Als besonders ehrgeizig kann man ihn nicht bezeichnen. Er jobbt mal bei der Gepäckverladung am Fährhafen oder hilft während der Saison einem Strandkorbverleiher. Ich habe ihn auch mal in Mariekes Strandbar arbeiten sehen.«

»Also warst du doch mal da?«

»Ja, aus reiner Neugierde«, gab Antje zu. »An dem Abend ist deine Freundin allerdings nicht dort gewesen. Dass ich sie nicht bemerkt hätte, kann ich mir nicht vorstellen. Sie war eine Erscheinung, die man ganz gewiss nicht übersieht.«

»Marieke war nicht meine Freundin«, murmelte Witte. Und er fragte sich, was er von Antjes Reaktion halten sollte.

Kapitel 3

Die Kommissarin versuchte, sich zusammenzureißen. Wenn sie so weitermachte, würde Witte sie endgültig für eine launische Zimtzicke halten. Schlimmer noch: am Ende käme er noch auf die Idee, dass sie sich in ihn verknallt hätte!

Und das war ihrer Ansicht nach völlig abwegig. Antje war zufrieden mit ihrem Single-Leben, dank ihres Jobs als Inselpolizistin konnte sie sich nicht über Langeweile beklagen. Wenn sie jemandem ihr Herz ausschütten wollte, konnte sie das bei ihrem Vater tun. Nein, sie brauchte wirklich keinen Kerl, der ihr das Herz brach.

Antje öffnete den Tatortkoffer.

»Wir sollten uns hier auf jeden Fall nach Ungewöhnlichem umsehen«, betonte sie.

Witte zuckte mit den Schultern.

»Das ist leichter gesagt als getan, finde ich. Von Einbruch kann jedenfalls keine Rede sein. Ich habe mir das Türschloss schon angeschaut. Hier ist niemand mit Gewalt eingebrochen.«

»Und was ist mit der Hintertür?«, fragte die Kommissarin gereizt und deutete mit einer Kopfbewegung in die Richtung. Falls Witte ihre schlechte Stimmung bemerkte, ließ er sich davon jedenfalls nicht beeindrucken. Er ging an ihr vorbei nach hinten. Währenddessen schaute Antje sich weiter in dem Ladenlokal um. Wie viele Stück Seife musste man wohl verkaufen, um allein die Miete zahlen zu können? Gewiss, das Geschäft verfügte nur über eine schmale Front und ein kleines Schaufenster. Andererseits befand es sich in bester Juister Lage. Jeder Urlauber, der auf dieser Insel Ferien machte, kam während seines Aufenthalts hier vorbei. Und soweit Antje wusste, gab es keine weiteren Geschäfte mit handgefertigten Öko-Seifen auf Juist. Marieke Halsema hatte also ein Alleinstellungsmerkmal gehabt, wie man das so schön nannte.

Doch weshalb war sie umgekommen?

Antje ging noch einmal hinter die Verkaufstheke, wo ihr zunächst nichts Besonderes auffiel. Die Inhaberin hatte offenbar auf mustergültige Ordnung gehalten. Unter der Theke lagen Büroartikel sowie Rechnungsblöcke griffbereit.

Und eine Pistole.

Sie stieß langsam die Luft aus den Lungen, während sie die Waffe mit ihrer behandschuhten Rechten an sich nahm und das Magazin checkte. Die Pistole war geladen.

»Das Schloss der Hintertür ist verrostet, die dürfte schon lange nicht mehr geöffnet worden sein. - Was hast du denn da? Wildwest auf Juist?«

Die Kommissarin drehte sich um, als sie Wittes Stimme hörte. Manchmal gingen ihr seine lockeren Sprüche auf den Wecker.

»Das ist eine Ceska 75, Roland.«

»Eine gängige tschechische Waffe, wurde früher überall im Ostblock von Polizei und Armee benutzt«, erwiderte er nickend. »Ich frage mich allerdings, wozu man auf unserer friedlichen Insel so eine Bleispritze unter der Ladentheke hat. Wir sind hier doch nicht in der South Bronx von New York, wo Raubüberfälle an der Tagesordnung sind.«

Antje nickte.

»Und ich wette mit dir, dass Marieke keinen Waffenschein hat. Nach dem Fall des Eisernen Vorhangs wurde der Schwarzmarkt in ganz Europa mit Ceskas überschwemmt. Du kriegst so eine Pistole einfacher illegal als in einem lizenzierten Waffengeschäft.«

»Möglich, obwohl ich das mit dem Waffenschein zweitrangig finde«, sagte die Kommissarin. »Wir sind uns doch wohl einig, dass man sich nicht ohne Grund eine

Pistole besorgt, ob nun legal oder illegal. Marieke muss vor etwas Angst gehabt haben.«

»Und Frau Molden hat von der Ceska nichts gewusst.«

»Warum nimmst du das an, Roland?«

Witte grinste.

»Ich liebe es, wenn du mich nicht mehr Rollo nennst. - Würdest du dich anstelle von Frau Molden gegenüber der Polizei so dreist aufführen, wenn du eine illegale Waffe unter der Ladentheke hättest? Als Teilhaberin von Marieke Halsema ist sie doch ebenfalls in der Verantwortung, wenn hier so ein Mordinstrument herumliegt.«

Antje konnte die Schlussfolgerung ihres Kollegen nachvollziehen. Sie mochte es sehr, wenn sie beide so gut als Team zusammenarbeiteten.

Warum konnte es nicht immer so harmonisch sein?

»Gibst du mir einen Beutel für Beweisstücke?«, bat sie.

Er entfaltete eine Plastiktüte und reichte sie hinüber. Als Antje sie entgegennahm, stieß sie mit der Schuhspitze gegen ein leicht hochragendes Bodenbrett. Sie runzelte die Stirn. Das war ungewöhnlich. Dieser Laden war blitzsauber und gut in Schuss. Marieke hätte das Brett gewiss umgehend richten lassen. Jedenfalls schätzte sie die Besitzerin inzwischen so ein.

In diesem Moment kamen die Sanitäter, um den Leichnam mitzunehmen.

»Ich kümmere mich darum«, bot Witte an und ging zu den Männern, um sie zu instruieren.

Antje kniete sich inzwischen auf den Boden und klappte ihr Taschenmesser auf. Sie schob es in den Spalt zwischen zwei Dielen und hebelte das Brett hoch. Darunter lag eine wasserdichte Kunststoffhülle, in der ein Foto steckte. Es war alt, schätzungsweise aus den Zwanzigerjahren, und wies einen leichten Braunstich auf. Das Bild zeigte einen ernsten Mann mit Vollbart, der eine Marineuniform trug. An den unteren Rand hatte jemand mit Tinte geschrieben: *Kapitän zur See Reinhold Schurrer, 2. Mai 1924.*

Die Kommissarin runzelte die Stirn. Warum hatte Marieke Halsema das Foto versteckt? Oder war sie es gar nicht gewesen? Lag das Bild womöglich schon fast hundert Jahre an diesem Platz? Nein, das war unmöglich. Die Aufnahme stammte zweifellos aus den Zwanzigerjahren. Antje musste keine Historikerin sein, um das zu erkennen. Aber die Kunststoffhülle war neu. Damals hatte es solche Artikel noch nicht gegeben. Sie nahm sich vor, das Bild samt Hülle umgehend ins kriminaltechnische Labor nach Oldenburg zu schicken. Vorerst machte sie mit ihrer Smartphone-Kamera eine Aufnahme des Kapitänsporträts.

Die Kommissarin hatte mit halbem Ohr mitbekommen, wie Witte mit den Sanitätern redete. Die Männer verabschiedeten sich, die Ladenglocke bimmelte. Antjes Kollege kehrte zu ihr zurück.

»So, Marieke hat jetzt ihre letzte Reise nach Oldenburg angetreten ... was hast du denn da?«

»Wir brauchen noch eine zweite Beweismitteltüte«, gab sie trocken zurück. Witte gab ihr das Gewünschte. Dann nahm er seine Polizeimütze ab und kratzte sich im Nacken.

»Warum legt man so ein Bild nicht in einen Safe, wenn es nicht gefunden werden soll? Und vor allem: Was macht dieses Foto so wertvoll?«

»Einen Safe habe ich hier nirgendwo entdeckt«, sagte Antje. »Wir können uns ja noch mal genauer umschauen.«

Doch sie konnten keinen Tresor finden. Witte schüttelte den Kopf.

»Warum hat sie nicht bei einer der Banken auf Juist ein Schließfach gemietet? Das wäre sicherer gewesen, als das Foto unter einer losen Diele zu verbergen.«

»Das stimmt. Aber dann hätte irgendjemand mitbekommen können, dass Marieke etwas Wertvolles dort deponieren wollte. Vielleicht wollte sie das einfach geheim halten.«

»Ratespiele bringen uns nicht weiter«, meinte der Kommissar. »Was hältst du davon, wenn wir diesem Tom Brünjes auf den Zahn fühlen? Jedenfalls kann es nichts schaden, sein Alibi für den heutigen Morgen zu überprüfen.«

»Ja, das sollten wir tun. Aber vorher möchte ich einen Blick in Mariekes Wohnung werfen. Ich habe nämlich auch ihr Schlüsselbund gefunden, es befand sich in ihrer Handtasche.«

»Das ist eine gute Idee. - Und ich war noch niemals bei ihr zu Besuch, falls du das glauben solltest.«

Antje enthielt sich eines Kommentars. Es war ihr inzwischen selbst unangenehm, wie sie sich vorhin aufgeführt hatte. Das kam davon, wenn man seine Gefühle nicht zügelte.

Die Besitzerin des Seifenladens hatte in der Gräfin-Theda-Straße gewohnt, gar nicht weit von ihrem Geschäft entfernt. Ein Anruf bei der Gemeindeverwaltung hatte genügt, um Antje diese Information zu verschaffen. Die Kommissarin schloss hinter ihnen ab, dann gingen sie zu Fuß hinüber.

Das Pferdegespann der Insel-Müllabfuhr zockelte an Antje und Witte vorbei, als sie die Strandstraße entlanggingen.

»Wenn es wirklich ein Verbrechen war, dürfte es sich um eine spontane Tat gehandelt haben«, meinte Witte.

»Weil jederzeit ein Zeuge hätte hereinkommen können?«

»Genau. Als Frau Kröger die Leiche entdeckte, war Marieke noch nicht allzu lange tot. Wir sollten uns in der Nachbarschaft umhören. Vielleicht hat jemand eine Person gesehen, die zwischen neun und zehn Uhr das Geschäft verlassen hat.«

»Ja, das ist eine gute Idee«, erwiderte die Kommissarin. Sie waren inzwischen abgebogen und standen vor einem modernen Apartmenthaus, das sich trotz zeitgemäßer Architektur einigermaßen harmonisch in das traditionelle Straßenbild einfügte.

»Wieder so ein Bau, der größtenteils leer steht, weil hier Investoren ihren Zweitwohnsitz haben«, murmelte Witte.

»Wenigstens Marieke Halsema hat hier gelebt«, meinte Antje, während sie die Haustür aufschloss. Im Flur herrschte Totenstille. Anhand der Briefkästen fanden sie schnell heraus, dass die Ladenbesitzerin die Wohnung Nummer fünf gemietet hatte. Die Kommissarin schloss auf.

Es roch nach Sandelholz. Die Einrichtung war gewiss nicht billig gewesen, die Räume wirkten freundlich und hell. Auch hier herrschte eine penible Ordnung.

Nur der große Blutfleck auf dem Bettlaken im Schlafzimmer störte das Gesamtbild.

Kapitel 4

Witte traute seinen Augen kaum. Während seiner Dienstjahre bei der Polizei hatte er schon genügend Blut sehen müssen. Diese eingetrockneten Flecken stammten ganz gewiss nicht von Nagellack oder Ketchup. Und dass Marieke Halsema sich in ihrer eigenen Wohnung irgendwelche dummen Scherze mit Kunstblut erlaubt hatte, konnte er sich auch nicht vorstellen.

»Was ist hier bloß passiert?«

Er hatte die Frage gar nicht an seine Kollegin gestellt, sondern eher laut nachgedacht. Trotzdem antwortete Antje prompt.

»Das Laken schicken wir auch nach Oldenburg, damit es kriminaltechnisch untersucht wird. Wir wissen nicht, ob die Tote irgendwelche offenen Wunden am Körper hatte, es sah aber nicht so aus. Wer weiß, ob das ihr Blut ist.«

»Und was ist mit ...«

Witte wusste nicht, wie er sich ausdrücken sollte. Zu allem Überfluss wurde er jetzt auch noch rot. Wie peinlich! Antje schien ihn durchschaut zu haben. Sie lachte.

»Du kannst es ruhig aussprechen, Roland - von einer Monatsblutung stammt so eine Blutmenge wahrscheinlich nicht. Wir Frauen kennen nämlich unseren Körper und treffen normalerweise da so unsere Vorkehrungen, verstehst du? Ich werde trotzdem mal im Badezimmer-Mülleimer nachschauen. Aber du bleibst besser zurück. Womöglich wirst du von einem Tampon angesprungen!«

Die Kommissarin ging ins Bad und kehrte gleich darauf kopfschüttelnd zurück.

»Keine Hinweise, dass sie ihre Menstruation hatte. Und falls doch, dann wird die Obduktion auch darüber Aufschluss geben. - Brauchst du eine Stärkung für deinen Kreislauf, Roland?«

Witte verzog den Mund.

»Sag Bescheid, wenn du dich genug über mich lustig gemacht hast.«

»Fürs Erste reicht es«, entgegnete Antje mit einem zufriedenen Unterton. »Hier wurde also jemand verletzt, entweder die Seifenfrau oder eine andere Person. Wenn sie jemandem eine Wunde zugefügt hat, wollte er womöglich Rache nehmen.«

»Du gehst von einem männlichen Täter aus?«

»Ja, eigentlich schon. Es ist ziemlich viel Kraft nötig, um das Opfer mit einem Schal zu ersticken. Marieke wird sich gewehrt haben, auch wenn keine Kampfspuren erkennbar waren.«

»Wo hätten die denn auch sein sollen?«, fragte Witte. »Sie lag doch mitten im Laden auf dem Boden. Da waren keine Regale oder anderen Möbel in der Nähe, die man hätte umstoßen können.«

»Das ist auch wieder wahr. - Wie gut, dass wir den Tatortkoffer mitgenommen haben. Da können wir hier in der Wohnung gleich mal Fingerabdrücke sichern.«

»Meine Prints wirst du nicht finden.«

Diesen Seitenhieb hatte der Kommissar sich nicht verkneifen können.

»Abwarten und Tee trinken«, entgegnete Antje ungerührt. »Lass uns mit den Nachtschränken anfangen.«

Es gelang es den Ermittlern wirklich, zahlreiche gut erkennbare Fingerabdrücke zu dokumentieren. Leider hatten sie vor Ort nicht die Möglichkeit eines Abgleichs mit eventuell schon im System vorhandenen Prints. Diese Aufgabe fiel dem kriminaltechnischen Labor in Oldenburg zu.

»Den Anfangsverdacht einer Straftat haben wir hier auf jeden Fall«, meinte der Kommissar. »Selbst wenn Marieke eines natürlichen Todes gestorben sein sollte, könnte in diesem Bett ein Verbrechen stattgefunden haben. Könnte natürlich auch ein Unfall gewesen sein.«

»Eine feste Beziehung wird die Frau jedenfalls nicht gehabt haben«, mutmaßte Antje. Witte hob die Augenbrauen.

»Wie kommst du darauf?«

»Im Badezimmer war keine zweite Zahnbürste. Und Rasierzeug habe ich ebenfalls nicht gesehen.«

»Vollbärte sind doch momentan groß in Mode, aber in Sachen Mundhygiene gebe ich dir recht.«

Die Ermittler schauten sich in der Wohnung genau um, fanden aber weder weitere Hinweise auf eine mögliche Straftat noch auf einen männlichen Mitbewohner. Witte sah auf die Uhr.

»Wenn ich mich beeile, könnte ich die gesicherten Fingerabdrücke dem nächsten Flugzeug Richtung Norddeich mitgeben.«

»Das ist eine gute Idee«, lobte seine Kollegin, »und auch das Seidentuch sowie das Bettlaken. Womöglich hat der Mörder darauf seine DNA hinterlassen, falls es überhaupt ein Verbrechen gegeben hat. Die Pistole nimmst du besser ebenfalls mit. Vielleicht wurde die Ceska schon mal bei einem Verbrechen benutzt, das könnte uns weitere Informationen verschaffen.«

»Mit dem größten Vergnügen. Treffen wir uns wieder hier?«

»Ich wollte mir eigentlich Tom Brünjes vorknöpfen.«

»Aber das machst du bitte nicht allein!«, sagte Witte ernst. »Falls der Bursche wirklich Dreck am Stecken hat, könnte das gefährlich werden.«

Antje verdrehte genervt die Augen.

»Ja, mein Ritter in schimmernder Rüstung.«

Der Kommissar ersparte sich eine Antwort. Er zog das Laken vom Bett und verstaute es zusammen mit dem

Umschlag mit den Prints im Tatortkoffer, eilte hinaus und lief zur Polizeidienststelle hinüber. Zum Glück gab es hier im Zentrum von Juist keine wirklich weiten Wege. Weiter draußen, am Billriff oder am Kalfamer sah die Sache schon anders aus. Nachdem er die Beweisstücke verpackt hatte, schnappte sich Witte sein Dienstrad und beeilte sich, um den Flugplatz noch rechtzeitig zu erreichen.

In Gedanken war er bei Antje. Er hoffte inständig, dass sie keinen Alleingang starten würde. Bevor er nach Juist versetzt worden war, hatte sie ganz allein für Recht und Ordnung auf ihrer Heimatinsel sorgen müssen. Von daher war sie es gewohnt, Probleme auf eigene Faust zu lösen. Aber die Verhaftung eines Mordverdächtigen konnte man nicht mit der Schlichtung eines Streits zwischen betrunkenen Badegästen vergleichen! Das war zumindest Wittes Ansicht. Gewiss, Antje war keine Draufgängerin, die gefährliche Situationen suchte. Sie hatte ein eher ruhiges Temperament, doch die Sturheit der Inselfriesen war bei ihr besonders ausgeprägt.

Oder kam ihm das nur so vor, weil er selbst das Leben eher von der leichten Seite nahm? Witte wusste es nicht, Selbstanalyse war nicht seine starke Seite. Er wollte nur auf gar keinen Fall, dass seiner Kollegin etwas zustieß!

Der Kommissar erreichte den Flieger gerade noch rechtzeitig. Er übergab dem Piloten das versiegelte Paket und bat um Weiterleitung an die Kriminaltechnik in Oldenburg. Wenig später stieg die Propellermaschine in den blauen Nordseehimmel über Juist auf.

Witte schaute ihr einen Moment lang nach, dann radelte er in den Ort zurück. Der Kommissar machte einen kleinen Umweg und holte Antjes Rad von der Dienststelle. Er führte es am Lenker mit sich, während er zur Gräfin-Theda-Straße fuhr. Der Kommissar wusste nicht, wo dieser Tom Brünjes steckte. Und seine Kollegin würde sicher nicht neben ihm herlaufen wollen, während er im Fahrradsattel saß.

Antje wartete zu seiner großen Erleichterung vor Mariekes Wohnhaus auf ihn.

»Na, bin ich nicht brav?«

»Wirklich vorbildlich. Wo könnte der Knabe denn stecken?«

»Versuchen wir es zuerst bei der Gepäckverladung im Fährhafen«, schlug Wittes Kollegin vor. Sie drehten ihre Räder um und fuhren durch die Bahnhofstraße Richtung Hafen, wobei sie zwei Pferdefuhrwerke überholten. Die von Kaltblütern gezogenen Wagen dienten auf der autofreien Insel als Transportmittel für Waren aller Art, wobei kleinere Lasten auch mit Fahrradanhängern oder Karren zum Zielort gebracht wurden.

Soeben war die Norddeich-Fähre eingelaufen, entsprechend turbulent ging es am Terminal zu. Die Polizisten erfuhren, dass Tom Brünjes an diesem Tag nicht arbeitete.

»Der wird wohl an der Strandbar sein und das Abendgeschäft vorbereiten.«

Diese Auskunft bekamen sie von einem der anderen Arbeiter.

»Das ist merkwürdig«, sagte Witte, als sie weiterfuhren. »Laut Ella Molden hat Marieke den Knaben doch gefeuert.«

Antje zuckte mit den Schultern.

»Entweder war das eine Lüge oder Marieke hat Brünjes noch eine zweite Chance gegeben. Es ist ja nicht gerade leicht, in der Saison zuverlässige Aushilfskräfte zu bekommen. Und wenn sie wirklich Tag und Nacht geschuftet hat, war sie vermutlich für jede Entlastung dankbar.«

»Da könntest du recht haben.«

Die Ermittler mussten kräftig in die Pedale treten, um auf dem Weg zum Strand beim Ostbad die Steigung einer Düne zu überwinden. Mariekes Bar befand sich unweit der Kitestation. Witte wusste, dass die Teilzeit-Gastronomin nur eine Lizenz für die Saison von Ostern bis September bekommen hatte. Im Winter musste der Betrieb, der nur aus einer Holzhütte samt Sonnensegel sowie einigen Tischen und Liegestühlen bestand, wieder komplett abgebaut werden.

Die Polizisten ließen ihre Räder bis zum Rand des Bretterwegs rollen, der zwischen zwei Dünen hinunter zum Strand führte. Obwohl Witte nun schon seit einiger Zeit auf Juist lebte, war er immer wieder fasziniert von dem breiten Sandstreifen, an dessen Wasserlinie die schäumenden Wogen der Nordsee brandeten.

Marieke Halsema hatte einen guten Ort für ihre Strandbar gewählt. Die Ermittler stapften durch den weichen Sand auf die Bambus-Sichtblende zu. Aus dem Inneren des Verschlags ertönten Geräusche, Flaschen klirrten. Offenbar machte sich dort wirklich jemand zu schaffen.

»Moin!«, rief Antje laut. Noch war niemand zu sehen.

»Wir haben noch nicht geöffnet!«, erwiderte eine männliche Stimme.

»Tom, hast du mal einen Moment Zeit?«

Offenbar hatte Wittes Kollegin den Verdächtigen an der Stimme erkannt. Die Polizisten umrundeten die Hütte. Es gab vorn eine schmale Theke, die jetzt aber noch durch eine Stahl-Jalousie verdeckt wurde. Eine Tür wurde aufgestoßen, und ein braungebrannter Typ mit halblangen Haaren trat heraus. Er kniff misstrauisch die Augen zusammen, als er die Polizeiuniformen bemerkte. Den Kasten mit leeren Bierflaschen, den er in der Rechten hielt, ließ er zu Boden gleiten.

Witte schätzte Tom Brünjes auf etwa fünfunddreißig Jahre. Der Mann trug zerschlissene Jeans-Shorts, die bis zum Knie reichten. Er war barfuß. Und obwohl er stark schwitzte, hatte er einen Baumwollpullover an. Der Kommissar zog die Augenbrauen zusammen, sein Misstrauen war erwacht.

Antje deutete mit einer Kopfbewegung auf ihn.

»Das ist mein Kollege, Kommissar Witte. Wir haben ein paar Fragen an dich, Tom.«

»Dass der Typ auch ein Bulle ist, sehe ich selbst«, murrte Brünjes. »Was wollt ihr denn von mir? Ich habe alle Hände voll zu tun.«

»Warum so unfreundlich?« Antje hakte ihre Daumen in den Gürtel. »Zunächst würde mich mal interessieren, wo du heute Morgen zwischen neun und zehn Uhr gewesen bist.«

Diese Frage schien Brünjes nicht zu behagen, jedenfalls antwortete er nicht sofort.

Witte bemerkte die Kratzspuren auf den Unterarmen der Bar-Aushilfe. Sie konnten von den Fingernägeln einer Frau stammen, falls Brünjes nicht gerade ein stolzer Katzenbesitzer war. Falls die Verletzungen von Marieke Halsema stammten, würde sich die DNA des Mannes unter ihren Nägeln nachweisen lassen. Der Kommissar beschloss, sein Gegenüber etwas zu reizen und herauszufordern.

»Wissen Sie, warum wir hier auf der Insel eine ziemlich gute Aufklärungsquote bei den Straftaten haben? Weil die Verbrecher sich wie ausgekochte Kriminelle vorkommen, dann aber doch die dümmsten Anfängerfehler begehen.«

Brünjes zuckte zusammen. Es war offensichtlich, dass Wittes Worte ihre Wirkung auf ihn nicht verfehlt hatten. Auch der Polizistin entging diese Reaktion nicht.

»Hast du uns etwas zu sagen, Tom?«, fragte Antje streng.

»Dein Kollege ist ein richtiger Schlaumeier«, gab Brünjes mit lauerndem Unterton zurück. Dann bückte er sich blitzschnell, zog eine der leeren Bierflaschen aus dem Kasten und ging damit auf Witte los!

Kapitel 5

Der Angriff kam für den Kommissar nicht wirklich überraschend. Er hatte während seines Berufslebens einen sechsten Sinn für Gefahrensituationen entwickelt. Auf sein Bauchgefühl konnte er sich meist verlassen. Und da Brünjes eine gewisse Grund-Aggressivität aufwies, war er ohnehin schon auf der Hut gewesen. Als sein Widersacher die Flasche hob und zuschlagen wollte, wich Witte aus. Gleichzeitig blockte er Brünjes Angriff mit seinem Unterarm und trat ihm in die Kniekehlen. Im nächsten Moment hatte er ihn zu Boden gebracht.

Brünjes keuchte, als er flach im Sand landete. Wie eine Krabbe versuchte er, sich seitwärts aus der Affäre zu ziehen. Doch es gelang Witte und Antje, ihm mit vereinten Kräften Handschellen anzulegen.

»Was soll das, ich habe nichts gemacht!«, jammerte der Angreifer.

»Eine Attacke mit einem gefährlichen Gegenstand auf einen Polizeibeamten im Dienst ist nicht *nichts*«, fauchte die Kommissarin.

»Ich raste eben leicht mal aus.«

Die Beamten halfen Brünjes auf die Füße. Witte schaute ihm direkt in die Augen.

»Und wie war das bei Marieke? Haben Sie da auch mal eben kurz die Nerven verloren?«

Der Verdächtige blinzelte.

»Ich habe keine Ahnung, wovon Sie reden.«

»Es geht darum, dass Ihre Chefin tot ist. Womöglich gab es dafür eine natürliche Ursache, das wissen wir noch nicht. Aber es wäre auch möglich, dass jemand dabei nachgeholfen hat.«

Brünjes' Augen quollen beinahe aus dem Kopf, als er das hörte. Er zuckte zusammen, seine Unterlippe begann zu zittern.

»Marieke ... ist tot?! Wollt ihr mich verladen?«

»Uns ist nicht nach Scherzen zumute«, grollte Antje. »Und du solltest allmählich kapieren, dass du dich ganz gewaltig verdächtig gemacht hast. Also, wo warst du zwischen neun und zehn?«

»Ihr glaubt, ich hätte sie umgebracht? Da seid ihr aber auf dem Holzweg ... damit habe ich nichts zu tun, ich habe sozusagen ein Alibi ...«

»Dann wird es jetzt mal Zeit für die Wahrheit«, sagte Witte. »Wir können Ihnen die Handschellen auch wieder abnehmen, wenn Sie versprechen, keine Dummheiten mehr zu machen.«

Der Kommissar war nämlich in diesem Moment überzeugt davon, einen gebrochenen Mann vor sich zu haben. Er hielt Brünjes nicht für einen talentierten Heuchler, der sich überzeugend verstellen konnte. Und die Todesnachricht hatte ihn offensichtlich völlig unvorbereitet getroffen.

Der Kommissar nickte seiner Kollegin zu, und Antje schloss die Handschellen wieder auf. Brünjes massierte sich die Gelenke, er wirkte nun sanft wie ein Lamm.

»Danke ... darf ich mir einen Kaffee machen?«

»Gute Idee. Wir können auch eine Tasse vertragen«, gab Witte zurück. Der Verdächtige ging in den Verschlag. Der Kommissar folgte ihm und passte auf, dass er nicht zu irgendwelchen gefährlichen Gegenständen griff. Doch Brünjes bestückte wirklich nur den Kaffeeautomaten. Es dauerte nicht lange, bis jeder von ihnen einen Becher mit der heißen aromatischen Flüssigkeit in den Händen hielt.

Die kurze Pause schien Brünjes dabei geholfen zu haben, seine Gedanken zu ordnen.

»Wisst ihr, was ich heute Morgen gemacht habe?«

»Du wirst es uns hoffentlich gleich verraten«, gab Antje zurück.

Brünjes atmete tief durch und nahm einen großen Schluck Kaffee.

»Ich bin in ein Ferienhaus eingestiegen und habe ein Notebook mitgehen lassen.«

Witte warf ihm einen prüfenden Blick zu.

»Ach, wirklich? Und wo?«

»In der Hugo-Droste-Straße.«

»Und weshalb?«

»Ich bin knapp bei Kasse, wollte das Ding bei meinem nächsten Norddeich-Trip verscherbeln.«

»Hältst du uns für beschränkt?«, fragte Antje. »Da musst du dir schon eine bessere Geschichte einfallen lassen. Um neun Uhr morgens ist es doch hell. Wer bricht denn bei Tageslicht ein, wenn man von jedem gesehen werden kann?«

»Also, ein richtiger Einbruch war das nicht. Die Terrassentür stand offen. Ich musste nur über den Zaun steigen und mir das Notebook unter den Arm klemmen. Hat keine Minute gedauert. Ich wette, dass mich niemand gesehen hat. Und bei euch wird den Diebstahl auch noch keiner gemeldet haben.«

Das stimmte allerdings. Witte konnte sich lebhaft vorstellen, wie die Sache abgelaufen war. Viele Touristen hielten Juist für eine Insel der Seligen, wo Verbrechen nicht stattfanden. Daher benahmen sich viele von ihnen leichtsinnig und wunderten sich dann, wenn sie bestohlen wurden. Wahrscheinlich war der Notebook-Besitzer schon zum Strand gegangen und hatte die Tür einfach nicht geschlossen. Es war Brünjes' Pech, dass er sein Temperament nicht im Griff hatte. Wenn er Witte nicht wegen dessen Bemerkung angegangen wäre, hätte er den

Diebstahl wohl kaum gestanden. Oder hatte er es nur getan, um den Mordverdacht von sich abzulenken?

»Wenn deine Story stimmt, müsste sich das Gerät ja noch in deiner Bude befinden«, sagte Wittes Kollegin.

»Nein, ich habe es sogar hier.«

Mit diesen Worten zog Brünjes einen unförmigen Bundeswehr-Rucksack aus einer Ecke hervor. Er holte das Gerät heraus und zeigte es den Ermittlern. Es handelte sich um ein hochmodernes teures Notebook. Ein Mann, der bei der Gepäckabfertigung und in einer Strandbar jobbte, konnte es sich gewiss nicht leisten.

»Wir werden die Sache überprüfen und es dem rechtmäßigen Besitzer zurückgeben«, warf der Kommissar ein und nahm das Notebook an sich. »Und woher haben Sie die Kratzer auf Ihrem Arm?«

»Die stammen wirklich von Marieke. Aber ich habe sie nicht getötet.«

»So?« Antjes Stimme klang skeptisch. »Und warum hat sie dich gekratzt?«

Brünjes grinste verlegen.

»Das war, als wir herumgemacht haben. Sie kann ... konnte richtig wild werden.«

»Soso. Wann hast du dich denn zum letzten Mal mit Marieke getroffen?«, wollte Antje wissen.

»Montagnacht kam sie zu mir in meine Bude, was sie sonst nie tut. Sie war anders als sonst … Marieke sagte, dass ich der Einzige wäre, dem sie vertrauen könnte. Da hab ich mich natürlich gefreut. Und am Dienstag haben wir zusammen in der Strandbar gearbeitet. Als wir Feierabend machten, kam sie wieder mit zu mir. Also haben wir uns vorige Nacht zum letzten Mal gesehen.«

Witte runzelte die Stirn.

»Das klingt ja alles sehr harmonisch. Doch wir haben gehört, dass Frau Halsema von Ihnen belästigt wurde.«

»Wer behauptet so etwas? Die alte Schreckschraube, oder? Der Giftspritze dürft ihr kein Wort glauben!«

»Sprechen Sie von Ella Molden?«, wollte der Kommissar wissen.

»Ja, sicher. Zwischen Marieke und mir war es nicht einfach. Wir zofften uns öfter, und dann zeigte sie mir die kalte Schulter. Aber das dauerte nie länger als ein, zwei Tage. Allerspätestens nach einer Woche rauften wir uns wieder zusammen.«

»Hast du eigentlich eine größere Wunde irgendwo am Körper?«, fragte Antje völlig unvermittelt. Brünjes schaute sie an, als ob sie den Verstand verloren hätte.

»Nee, nur die Kratzer. - Hier!«

Er zog seinen Pullover aus. Der Oberkörper wies keine Verletzungen auf.

Witte wandte sich an seine Kollegin.

»Wenn du mal kurz rausgehst, könnte Herr Brünjes auch noch die Hosen runterlassen.«

Antje zuckte mit den Schultern und schloss die Tür der Bude von außen. Der Kommissar konnte sich vergewissern, dass der Verdächtige auch von der Taille abwärts keine Wunden hatte.

»Du kannst wieder reinkommen«, sagte Witte, nachdem die Shorts wieder hochgezogen worden waren.

»Jetzt will ich aber endlich wissen, was dieser Zirkus soll!«, forderte Brünjes.

»Wir stellen hier die Fragen«, betonte der Kommissar. »Hatte Marieke außer Ihnen noch einen anderen Liebhaber?«

»Nicht, dass ich wüsste«, lautete die zögernde Antwort. »Allerdings war sie kein Kind von Traurigkeit ... würde mich wundern, wenn es keine anderen Typen gegeben hätte ... meint ihr, dass so ein Mistkerl sie auf dem Gewissen hat?«

»Das steht noch nicht fest«, sagte Antje. »Mariekes Todesumstände sind rätselhaft. Weißt du, ob sie unter einer Krankheit litt?«

Brünjes schüttelte den Kopf.

»Kann ich mir eigentlich nicht vorstellen. Sie war eine richtige Powerfrau. Andernfalls hätte sie es wohl auch nicht gepackt, zwei Geschäfte gleichzeitig zu führen. Dieser Seifenladen dürfte allerdings kaum etwas abgeworfen haben.«

»Hat sie Ihnen das erzählt?«, wollte Witte wissen.

»Nee, aber das kriegt doch jeder mit, der nicht völlig bekloppt ist. Wie oft seid ihr schon an dem Geschäft vorbeigelaufen, ohne dass jemand drin war?«

Der Kommissar musste dem Verdächtigen innerlich recht geben. Als er wegen Antjes Geschenk die *Juister Düfte* aufgesucht hatte, war er jedenfalls der einzige Kunde gewesen. Er führte sich seine Begegnung mit Marieke Halsema noch einmal vor Augen. Sie war sehr freundlich gewesen, von Verzweiflung oder Geldnot hatte er nichts bemerkt, obwohl das nichts heißen musste. Wer in einer solchen Situation war, versuchte seine Lage meist vor der Welt zu verbergen.

Antjes Stimme riss ihn aus seinen Überlegungen.

»Wie auch immer - wir müssen Mariekes Familie benachrichtigen«, teilte sie Brünjes mit. »Leben ihre Eltern noch?«

»Ja, soweit ich weiß. Marieke hat mal erwähnt, dass ihre Mutter zum Geburtstag angerufen hätte. Ansonsten war das nie ein Thema zwischen uns.«

Das konnte Witte sich lebhaft vorstellen. Ein Typ wie Brünjes entsprach nicht gerade dem Bild eines idealen Schwiegersohns. Marieke hatte gewiss kein Interesse daran gehabt, ihn ihren Eltern vorzustellen.

Antje setzte die Befragung fort.

»Hat sie mal einen gewissen Reinhold Schurrer erwähnt?«

»Nee.« Brünjes warf ihr einen verständnislosen Blick zu. »Wer soll das sein? So einen komischen Namen hätte ich mir garantiert gemerkt.«

Wittes Kollegin ließ die Frage unbeantwortet, und auch der Kommissar selbst hielt den Mund. Der Verdächtige schien wirklich nichts von dem Foto zu wissen.

»Vor wem hat Ihre Chefin sich gefürchtet?«

Mit diesem Vorstoß wollte Witte Brünjes aus der Reserve locken. Das Mienenspiel seines Gegenübers zeigte Verständnislosigkeit.

»Hä? Was soll das bedeuten? Marieke hatte keine Angst.«

Der Kommissar wollte Brünjes garantiert nicht auf die Nase binden, dass sie eine geladene Pistole unter der Ladentheke sichergestellt hatten. Womöglich war es Mariekes Geliebter selbst gewesen, der ihr die Waffe besorgt hatte.

Auch Antje hielt sich in dieser Hinsicht bedeckt. Sie trank ihren Kaffee aus.

»Also gut, Tom. Die Feststellung deiner Personalien können wir uns schenken, ich kenne dich schließlich seit einigen Jahren. Wir schreiben eine Anzeige wegen Angriffs auf einen Polizeibeamten im Dienst. Und für den Diebstahl wirst du dich ebenfalls verantworten müssen. Wie es dann weitergeht, entscheidet die Staatsanwaltschaft. Du solltest dich in Zukunft besser zusammenreißen.«

»Ich will es versuchen«, beteuerte der Kerl. »Aber wenn ich Mariekes Mörder in die Finger bekomme, garantiere ich für nichts. Ich habe sie nämlich sehr gern gemocht.«

Kapitel 6

Antje wandte sich an Witte, nachdem sie wieder ihre Räder bestiegen hatten und auf dem Rückweg zum Ort waren.

»Ich frage mich, ob Brünjes uns ein Märchen aufgetischt hat.«

»Du meinst, er war gar nicht mit Marieke liiert? Das kann ich schlecht beurteilen. Letztlich stellt sich die Frage, ob wir von ihm oder von Ella Molden angelogen wurden.«

»Oder von beiden. Hat dieser kleine Laden wirklich so viel Geld abgeworfen, dass zwei Frauen davon leben konnten? Und warum musste Marieke unbedingt noch eine Strandbar eröffnen, wenn ihre *Juister Düfte* genug Umsatz gemacht haben?«

»Die Pistole wird sie sich nicht zum Spaß beschafft haben«, meinte Witte. »Wie wäre es, wenn wir Frau Molden mit dem Waffenfund konfrontieren? Ich bin auf ihre Reaktion gespannt. Außerdem könnten wir von ihr vielleicht erfahren, wie die Eltern des Opfers zu erreichen sind.«

Antje nahm den Vorschlag auf, indem sie ihr Fahrrad stoppte und Frau Moldens Nummer in ihr Smartphone tippte. Als diese das Gespräch entgegennahm, meldete die Kommissarin sich mit Namen und Dienstgrad.

»Ah, *Sie* sind es!«, fauchte es ihr entgegen. »Darf ich endlich wieder meinen eigenen Laden betreten?«

»Noch können wir nicht ausschließen, dass es sich um einen Tatort handelt. Und wir möchten Ihnen einige weitere Fragen stellen.«

»Wenn ich mich weigere, geben Sie ja doch keine Ruhe. Kommen Sie meinetwegen vorbei, ich sitze im *Kompass*.«

Antje versprach, in ein paar Minuten dort zu sein. Die Ermittler erreichten das bekannte Lokal mit Außengastronomie wenig später. Von dort aus hatte man einen guten Ausblick sowohl auf den Ort als auch auf den

Hafen sowie die Nordsee. Jeder Tourist, der per Fähre auf die Insel kam, musste am *Kompass* vorbei. Frau Molden saß auf der Terrasse. Sie trug eine Sonnenbrille und tippte auf einem Notebook herum.

»Eigentlich ist es ganz gut, dass Sie mich noch einmal behelligen«, sagte sie zur Begrüßung. »Ich weiß nämlich nicht, wie Ihr Vorgesetzter heißt, bei dem ich mich über Sie beschweren kann. Den Brief habe ich schon einmal vorformuliert.«

»Schreiben Sie an Kriminalrat Stensen bei der Polizeiinspektion Norden«, gab Antje unbeeindruckt zurück, »und erwähnen Sie bitte auch, dass sich in Ihrem Laden eine nicht registrierte scharfe Schusswaffe befand.«

»Eine Pistole, die zu allem Überfluss nicht ordnungsgemäß aufbewahrt wurde«, ergänzte Witte.

Ella Molden öffnete den Mund und schloss ihn gleich wieder. In diesem Moment erinnerte sie Antje an einen Karpfen, der auf dem Trockenen gelandet ist.

»W-wie bitte?! Davon wusste ich nichts!«, beteuerte Mariekes Geschäftspartnerin.

Die Kommissarin verbuchte es als einen kleinen Erfolg, dass sie ihr Gegenüber aus dem Konzept gebracht hatte. Die Ermittler setzten sich an den Tisch, ohne von Frau Molden dazu aufgefordert worden zu sein. Doch das hier sollte ja auch kein gemütliches Schwätzchen werden.

»Ob Sie die Wahrheit sagen, wird sich zeigen«, stellte Antje fest. »Die Pistole wird umgehend kriminaltechnisch untersucht. Und falls sich auf der Waffe Ihre Fingerabdrücke oder Ihre DNA nachweisen lassen, dann sollten Sie uns das besser gleich sagen.«

Frau Moldens Gesicht wurde von einer leichten Röte überzogen. Die Kommissarin hielt sie für eine ertappte Lügnerin.

»Also gut, ich wusste von dem blöden Ding!«, stieß Ella Molden hervor. »Ich bin aus allen Wolken gefallen, als ich die Pistole vor zwei Monaten zufällig fand. Dabei habe ich sie auch angefasst. Im ersten Moment dachte ich, dass es so ein Kinderspielzeug aus Plastik wäre. Aber die Waffe war echt! Ich machte Marieke ernsthafte Vorhaltungen, das müssen Sie mir glauben. Sie sollte die Pistole sofort loswerden. Doch sie flehte mich an, das nicht von ihr zu verlangen. Und sie wirkte so verängstigt, dass ich schließlich auf meine Forderung verzichtete.«

Frau Molden machte auf Antje nicht den Eindruck, als ob sie sich allzu schnell erweichen ließ. Andererseits wusste sie nicht, was für ein Verhältnis die beiden Frauen zueinander gehabt hatten.

»Wollten Sie denn gar nicht wissen, aus welchem Grund Marieke sich bewaffnet hatte?«

»Selbstverständlich habe ich sie danach gefragt, Frau Fedder. Aber sie tat sehr geheimnisvoll. Angeblich wäre es besser, wenn ich nichts wüsste, um nicht selbst in Gefahr zu geraten. Marieke konnte sehr überzeugend sein. Irgendwann ließ ich es auf sich beruhen.«

Antje schaute sie forschend an.

»Wie sind Sie und Marieke eigentlich zu Geschäftspartnerinnen geworden? Sie sind doch recht unterschiedliche Menschen.«

Frau Molden verzog das Gesicht zu einem gequälten Grinsen.

»Ich nehme Ihre Bemerkung mal als Kompliment. Marieke war jung und flatterhaft, ich bin reif und vernünftig. Doch wenn Sie ein Produkt verkaufen wollen, sollten Sie besser so ein hübsches Ding hinter die Ladentheke setzen. Das ist mir vollkommen bewusst. Deshalb bin ich eher eine stille Teilhaberin. Kennengelernt haben wir uns durch Mariekes Mutter. Sie ist eine Schulkameradin von mir. Bei einem

Klassentreffen brachte Jutta ihre Tochter mit, und so kamen wir ins Gespräch. Bald zeigte sich, dass wir ein gemeinsames Interesse an schönen Dingen haben. Also beispielsweise an feinen Seifen.«

Diese Erklärung kam Ella Molden für Antjes Geschmack etwas zu glatt über die Lippen. Doch sie nahm es ohne Kommentar zur Kenntnis.

»Darf ich fragen, wovon Sie Ihren Lebensunterhalt bestreiten? Wirft der Laden so viel ab, dass er Ihre und Mariekes Existenz sichert?«

Ella Molden öffnete den Mund. Die Kommissarin war sich sicher, dass sie zu einer scharfen Erwiderung ansetzte. In ihren Augen konnte sie die Empörung deutlich erkennen. Aber sie schaffte es diesmal, ihre Zunge im Zaum zu halten. Wahrscheinlich hatte sie inzwischen erkannt, dass es keine gute Idee war, die Polizei zu sehr gegen sich aufzubringen.

»Ich habe geerbt, Frau Fedder. Meine Familie besaß eine Bootswerft in Neuharlingersiel, die ich gewinnbringend verkaufen konnte. Außerdem gibt es eine Villa hier auf Juist, die mir gehört und in der ich nach wie vor wohne.«

Antje hakte nach: »Ach, ist das wirklich so? Als Inselpolizistin kenne ich alle Juister, zumindest vom Sehen. Sie sind mir nur selten über den Weg gelaufen, ich hielt Sie für eine Touristin.«

Frau Molden rümpfte die Nase, als ob es etwas Anrüchiges wäre, auf dem Eiland Urlaub machen zu wollen.

»Nun, ich lebe auch nicht *ständig* auf Juist. Vielmehr besitze ich noch eine Immobilie in Hamburg. Ich habe es nicht nötig zu arbeiten. Ich investierte lediglich in die *Juister Düfte*, weil ich ein junges Talent wie Marieke fördern wollte.«

»Ich verstehe«, sagte Antje, obwohl sie an dem selbstlosen Motiv Zweifel hatte. »Geben Sie mir bitte noch Adresse und

Telefonnummer von Mariekes Mutter, dann lassen wir Sie für den Moment in Ruhe.«

Während Frau Molden die Angaben auf einen Zettel kritzelte, meldete sich Witte zu Wort.

»Eine Sache fällt mir noch ein: Gibt es außer Tom Brünjes noch andere hartnäckige Verehrer, die es auf Marieke abgesehen hatten?«

»Wahrscheinlich, aber diese Frage kann ich Ihnen wirklich nicht beantworten. Für das Liebesleben meiner Partnerin habe ich mich nie interessiert.«

»Und wo waren Sie heute Morgen zwischen neun und zehn Uhr?«, fragte der Kommissar.

»Bin ich jetzt plötzlich verdächtig?«

Antje konnte ihre unterdrückte Wut förmlich spüren.

»Nein, und Sie müssen sich nicht selbst belasten«, erklärte Witte mit Unschuldsmiene. »Doch falls Marieke Halsema wirklich einem Verbrechen zum Opfer gefallen sein sollte, wäre es gut, wenn Sie mir eine Antwort geben würden.«

»Da ich allein lebe und zu der Zeit noch beim Frühstück saß, kann ich Ihnen leider kein Alibi präsentieren.«

Mit dieser Auskunft mussten die Ermittler sich einstweilen zufriedengeben. Sie verabschiedeten sich von Ella Molden und kehrten zur Polizeistation zurück. Während Antje die Dienstpost vom Festland durchsah, kochte ihr Kollege Tee. Dabei fiel ihr auf, dass er sie prüfend musterte. Sie war sowieso schon gereizt, weil sie gleich die Kollegen in Wittmund bitten musste, Mariekes Mutter die Todesnachricht zu überbringen. Oder ob sie diese unangenehme Aufgabe Witte überlassen sollte? Nein, besser nicht.

»Du solltest dir abgewöhnen, mich so anzustarren«, grollte sie. »Du tust es schon wieder!«

»Entschuldige, das war nicht meine Absicht«, behauptete der Kommissar. »Du siehst so aus, als ob du eine besonders harte Nuss knacken wolltest.«

Antje seufzte und lehnte sich zurück.

»Das stimmt tatsächlich. Das Bild von Kapitän Schurrer geht mir nicht aus dem Kopf. Dieser alte Knabe erinnert mich an irgendjemanden. Wenn ich nur wüsste, an wen.«

»Du meinst, er ist ein alteingesessener Juister?«

»Nein, das nicht. Ich kenne sämtliche Familien, die seit Generationen unsere Insel bewohnen.«

»Wir hätten Frau Molden nach dem Käpt'n fragen können.«

»Ja, Roland. Doch wir sollten unser Pulver nicht verschießen, bevor wir uns keinen Überblick verschafft haben. Es war in Ordnung, sie nach der Pistole zu fragen. Die Waffe lag schließlich offen unter der Verkaufstheke ...«

Witte schnippte mit den Fingern.

»Aber das Foto war unter der Fußbodendiele versteckt! Mit anderen Worten: Marieke wollte es womöglich sogar vor ihrer Geschäftspartnerin verbergen. Aber aus welchem Grund?«

Der Kommissar zuckte mit den Schultern.

»Ich habe keine Idee.«

»Das geht mir genauso«, gab Antje zu. Sie konnte das Telefonat nicht länger vor sich herschieben. Die Kommissarin fühlte sich schon schlecht, als sie zum Hörer griff.

Kapitel 7

Tjark Fedder bereitete in der *Juister Kajüte* gerade alles für das Abendgeschäft vor, als seine Tochter die Gaststube betrat.

»Moin, Süße. Hattest du einen harten Tag?«

Er hätte diese Frage gar nicht stellen müssen, denn er kannte Antje besser als jeden anderen Menschen auf der Welt. Tjark war stolz auf seine Tochter, weil sie ihren Polizeiberuf seiner Meinung nach verdammt gut machte. Doch heute schien ihr eine besonders große Laus über die Leber gelaufen zu sein.

Die Kommissarin seufzte, ließ sich auf einen Barhocker gleiten und nahm ihre Dienstmütze ab.

»Ich könnte jetzt wirklich ein Bier und einen Klaren vertragen, Papa.«

Er grinste.

»Kommt sofort.«

Tjark begann gemächlich mit dem Bierzapfen. Obwohl er neugierig war, drängte er sein einziges Kind nicht zum Erzählen. Früher oder später würde Antje schon berichten, was sie auf dem Herzen hatte. Und so war es auch. Sie blickte auf, als er ein Schnapsglas vor sie auf die Theke stellte.

»Ich habe mich zum Affen gemacht«, seufzte seine Tochter.

»Wie das?«

Antje trank den Klaren aus, bevor sie weitersprach.

»Wir haben einen mysteriösen Fall mit einer sehr attraktiven Toten. Und ich dumme Kuh musste Roland unterstellen, dass er zu ihren Lebzeiten etwas mit ihr gehabt hat.«

»Das klingt nach Eifersucht«, stellte Tjark schmunzelnd fest.

»Allerdings, Papa! Und jetzt denkt Roland womöglich, dass er mir gefällt.«

»Tut er das denn nicht?«

»Ja ... nein ... darum geht es doch gar nicht!«, regte Antje sich auf. »Wir müssen als Kollegen zusammenarbeiten, da ist für solche Gefühle kein Platz.«

Der Wirt hatte das kleine Pils fertig gezapft und servierte es seiner Tochter.

»Zum Wohl. - Wie heißt denn diese Frau, die ums Leben gekommen ist?«

»Marieke Halsema.«

»Die mit dem Seifenladen? Ich glaube nicht, dass du Grund zur Eifersucht hast, Süße.«

Antje kniff die Augen zusammen.

»Wieso nicht? Was verheimlichst du mir?«

»Nichts Weltbewegendes«, wich Tjark aus. »Du solltest dich darüber freuen, dass du so einen netten Kollegen wie Roland Witte hast. Mehr sage ich nicht. Aber ich glaube, dass dich noch mehr Dinge bedrücken. Oder?«

Die Kommissarin nickte.

»Ich habe vorhin mit Mariekes Mutter telefoniert. Das war schlimm, wie du dir vorstellen kannst. Es ist furchtbar, wenn man erfährt, dass das eigene Kind tot ist. Und dabei spielt es keine Rolle, ob es eines natürlichen Todes gestorben ist oder nicht.«

»Also wisst ihr es noch nicht?«

»Die Ermittlungen dauern an, mehr darf ich dir darüber nicht berichten. Du könntest mir aber bei einer anderen Sache helfen, die vielleicht gar nichts mit Marieke Halsemas Ende zu tun hat.«

Der Wirt warf seiner Tochter einen fragenden Blick zu, wobei er seine Arme auf die Theke stürzte. Antje fuhr fort: »Sagt dir der Name Kapitän zur See Reinhold Schurrer etwas? Ich habe vorhin im Internet recherchiert, aber nichts über ihn gefunden.«

Es entstand eine Pause. Die Kommissarin trank etwas Bier, während ihr Vater in tiefe Nachdenklichkeit versank. Das blieb ihr natürlich nicht verborgen.

»Du weißt etwas über ihn, nicht wahr?«

Tjark seufzte, bevor er zu sprechen begann.

»Ja und nein, Süße. Und es wundert mich nicht, dass du im Internet nichts über ihn gefunden hast. Der Mann war wie ein Phantom. Ich glaube, es existiert noch nicht einmal ein Foto von ihm. Er war der Kapitän der *Leopoldina*, so viel steht fest.«

Antje legte den Kopf in den Nacken. Dann drehte sie sich zur Seite und betrachtete einige der Schiffsbilder, mit denen die Wände des gemütlichen Lokals geschmückt waren.

»War *Leopoldina* nicht der Name des Dampfers, der in den Zwanzigerjahren havarierte und vor Juist strandete?«

Tjark nickte.

»Vieles, was ich darüber weiß, habe ich von alten Fahrensleuten gehört, als ich noch ein Schiffsjunge war. Da ist es nicht leicht, Seemannsgarn von der Wahrheit zu unterscheiden. Fest steht, dass es damals sogar einen Gerichtsprozess gab. Du kannst dir die Akten bestimmt noch besorgen, Antje. Es wird dir bloß nicht viel nützen, wenn du sie liest.«

»Warum nicht?«

»Weil Schurrer nicht mehr an Bord war, als die *Leopoldina* aufgegeben werden musste. Du weißt bestimmt, dass der Kapitän als Letzter ein sinkendes Schiff verlassen soll. Das ist eine Frage der Ehre. Wie auch immer, Schurrer war nicht mehr aufzufinden. Nur der Erste Offizier, ein gewisser Ernst Tönning. Aber der war tot - erstochen.«

»Und die übrigen Besatzungsmitglieder?«, fragte die Kommissarin gespannt.

»Von denen war keiner auf der Kommandobrücke, die mussten alle ihr eigenes Leben retten. Zwei Matrosen wurden im Sturm über Bord gespült, die restlichen Männer an Bord konnten sich retten. Und dann wurde einem Insulaner der Prozess gemacht.«

»Das verstehe ich nicht.«

Der Wirt hob die Schultern und goss sich selbst nun ebenfalls einen Klaren ein.

»Es gab ja das Vorurteil, dass alle Juister Strandräuber wären. In früheren Jahrhunderten mag es hier ein paar Spitzbuben gegeben haben, aber bei der Havarie des Dampfers *Leopoldina* ging es wirklich um Rettung von Menschenleben. Das sah der damalige preußische Polizeikommissar etwas anders. Womöglich mochte er auch einfach die Einheimischen nicht. Es gab jedenfalls Zeugen, die einen gewissen Onno Visser beim Betreten der Kommandobrücke gesehen hatten. Man fand in seiner Tasche ein blutiges Messer - und der Erste Offizier war erstochen worden.«

»Du weißt ganz schön viel über diesen Fall«, stellte Antje fest.

»Ich habe ein ganz gutes Gedächtnis. Mich empörte die Ungerechtigkeit, als ich erstmals davon erfuhr. Du musst nämlich wissen, dass Visser auf einem Fischtrawler arbeitete. Natürlich hatte er ein blutiges Messer, so ein Werkzeug besaßen diese Männer alle. Damit haben sie den Fisch ausgenommen.«

»Hat man denn nicht versucht, Onno Vissers Unschuld zu beweisen?«

»Das weiß ich nicht. Er war ja ein armer Mann und konnte sich bestimmt keinen teuren Verteidiger leisten. Schließlich wurde er gehängt, denn in den Zwanzigerjahren gab es in Deutschland noch die Todesstrafe, wie du weißt.«

»So ein Mist!«, fluchte Antje. »Und du glaubst, dass der Kapitän der wahre Mörder war?«

»Auf jeden Fall blieb Schurrer spurlos verschwunden, und mit ihm die Goldbarren aus dem Geldschrank in der Kapitänskajüte.«

»Was für Goldbarren?«

Tjark machte eine unbestimmte Handbewegung.

»Angeblich soll ein reicher Bremer Kaufmann dieses Vermögen dem Kapitän anvertraut haben. Du weißt vielleicht, dass auch Frachtschiffe ein paar Passagiere mitnehmen. Der Kaufmann und seine Frau waren nicht mehr an Bord, obwohl sie laut Schiffspapieren die Passage nach Valparaiso gebucht hatten.«

Antje starrte nachdenklich in ihr Bierglas.

»Also könnte der Kapitän das Ehepaar umgebracht haben. Es ist kein Problem, nachts auf hoher See die Leichen verschwinden zu lassen. Man wirft sie einfach ins Meer, und sie werden womöglich niemals gefunden. Doch als Schurrer sich das Gold unter den Nagel reißen wollte, wurde er dabei vom Ersten Offizier ertappt. Einen lästigen Zeugen konnte er nicht gebrauchen. Also erstach Schurrer den Mann, der ihn hätte verraten können. Aber wie ging es weiter?«

»Wenn ich das wüsste«, seufzte ihr Vater. »Du darfst nicht alles an dieser Geschichte für bare Münze nehmen, Süße. Die Ereignisse sind fast hundert Jahre her. Wer weiß schon, was sich damals wirklich ereignet hat? Fest steht, dass die Ruderanlage der *Leopoldina* im Sturm beschädigte wurde. Der Frachter strandete auf Juist. Und Onno Visser hat laut Zeugenaussagen die Kapitänskajüte betreten, und das wurde ihm zum Verhängnis.«

»Schurrer war nicht mehr dort«, murmelte die Kommissarin nachdenklich. »Was ist aus ihm geworden? - Es gibt übrigens sehr wohl ein Foto des Kapitäns. Ich habe es gefunden.«

Antje holte ihr Smartphone hervor. Tjark setzte seine Brille auf und betrachtete das abfotografierte Bild.

»So sah der Bursche also aus. Wie gesagt, sein Verschwinden war geheimnisvoll. Seine Familie hat nach der Leopoldina-Havarie nie wieder etwas von ihm gehört. Man nahm allgemein an, dass der Sturm ihn ebenfalls über Bord gespült hatte. Jedenfalls wurde er irgendwann für tot erklärt, soweit ich weiß.«

Seine Tochter schüttelte den Kopf.

»Selbst der stärkste Orkan schafft es nicht, dass durch die Böen eine Geldschranktür geöffnet wird und die Goldbarren einfach verschwinden. Das hätte doch bei der kriminalistischen Untersuchung auffallen müssen!«

Der Wirt lächelte stolz.

»Es gab eben in den Zwanzigerjahren bei der Polizei noch nicht solche schlauen Köpfe wie dich. Außerdem eignete sich Onno Visser wahrscheinlich einfach gut als Sündenbock. Ein armer Fischer, der keinen Fürsprecher hatte.«

»Und es gibt, glaube ich, eine Verbindung zwischen Schurrer und meinem aktuellen Fall.«

»Du gehst also davon aus, dass diese Ereignisse zusammenhängen? Aber die Havarie der Leopoldina ist doch schon so lange her.«

»Richtig, Papa. Aber das Bild habe ich im Seifenladen gefunden und vermute, dass Marieke Halsema das Bild des Kapitäns versteckt hat. Warum? Und vor wem?«

Tjark schmunzelte.

»Ich bin nur ein alter Fahrensmann und ein frischgebackener Gastronom. Solche Fragen musst du dir schon selbst beantworten, Süße.«

»Das werde ich tun«, kündigte Antje an. »Ich glaube nämlich, dass dieses Foto der Grund für den Tod der jungen Frau sein könnte.«

Kapitel 8

Witte dachte auch nach Feierabend über den Fall nach.

Nachdem die Kollegen auf dem Festland Mariekes Mutter über den Tod ihrer Tochter informiert hatten, hatte Antje später noch mal Kontakt mit ihnen aufgenommen.

»Meinen Sie, dass ich ihr am Telefon einige Fragen stellen kann?«, wollte die Kommissarin wissen, denn verständlicherweise hatte die Nachricht Jutta Halsema tief getroffen.

»Sie wird von ihrer Schwester unterstützt, die bei ihr wohnt«, hatte die Polizeimeisterin am anderen Ende der Leitung erklärt. »Außerdem hat sie von ihrem Hausarzt ein Beruhigungsmittel bekommen. Ich kann mir schon vorstellen, dass ein Anruf Sinn hat.«

Antje bedankte sich und tippte die Nummer der Mutter in ihre Telefon-Tastatur. Eine tonlose Stimme meldete sich.

»Halsema.«

Die Kommissarin nannte ihren Namen und Dienstgrad. Außerdem sprach sie Jutta Halsema ihr Beileid aus.

»Wir untersuchen die Todesumstände Ihrer Tochter und ich wäre dankbar für ein paar Informationen. Können Sie mir sagen, ob sie an einer ernsthaften Krankheit litt?«

Es dauerte einen Moment, bis die Antwort kam.

»Davon ist mir nichts bekannt. Allerdings hat Marieke sich um ihre Gesundheit nie große Sorgen gemacht. In ihrem Alter geht man normalerweise noch nicht zu Vorsorgeuntersuchungen.«

Jutta Halsema sprach stockend.

»Fällt Ihnen eine Person ein, vor der Marieke sich fürchtete? Jemand, mit dem sie Ärger hatte?«

»Es gab mal einen Ex-Freund, einen gewissen Marco. Ich habe ihn allerdings nie zu Gesicht bekommen. Viel hat sie mir über ihn nicht erzählt. Marieke spielte nach außen hin immer die starke Frau. Trotzdem war mir klar, dass sie Angst vor dem Kerl hatte. Eine Mutter spürt so etwas.«

»Und es gibt wirklich nichts, was Sie mir über Marco sagen können? Beispielsweise, wo er arbeitet? Oder aus welchem Ort er stammt?«

»Nein, leider nicht. Als Marieke nach Juist ging, um dort ein Geschäft zu eröffnen, kam es mir ein wenig wie eine Flucht vor. Glauben Sie, dass dieser Mensch mein Kind auf dem Gewissen hat?«

»Wir ermitteln noch und müssen alle Möglichkeiten berücksichtigen«, sagte Antje, bevor sie sich bedankte und das Gespräch beendete.

Witte hatte mitbekommen, worum es in dem Telefonat gegangen war.

»Dieser Marco könnte der Grund für den Pistolenkauf gewesen sein. Wir müssen herausfinden, ob er nach Juist gekommen ist.«

Antje war aufgestanden.

»Das werden wir tun. Womöglich finden sich Zeugen, denen etwas Ungewöhnliches aufgefallen ist.«

Also waren die Ermittler in die Friesenstraße zurückgekehrt, um sich in der Nachbarschaft der *Juister Düfte* umzuhören.

Doch die Befragung hatte kein Ergebnis gebracht, was den Kommissar nicht verwunderte. Gerade jetzt in der beginnenden Sommersaison herrschte auf der Insel ein ständiges Kommen und Gehen. Das wurde immer besonders deutlich, wenn gerade eine Fähre angelegt hatte und ein ganzer Schwung neu eingetroffener Urlauber ihre Rollkoffer Richtung Ort zerrten. Womöglich hatte jemand vor dem Seifenladen eine Beobachtung gemacht, ihr aber keine Bedeutung beigemessen und war bereits wieder abgereist.

Witte glaubte jedenfalls nicht, dass es einen direkten Mordzeugen gab. Der hätte sich nämlich schon gemeldet. Jedenfalls hoffte das der Ermittler.

Witte war nach Dienstschluss zu der Pension von Tatje Olsen gegangen, wo er seit seiner Versetzung nach Juist als Dauergast lebte. Er tauschte die Uniform gegen Jeans, Turnschuhe und ein Freizeithemd. Gerade wollte er das gemütliche Backsteinhaus wieder verlassen, als er Frau Olsen in der Küche rumoren hörte.

Er klopfte gegen die offen stehende Tür. Die Pensionswirtin war offenbar gerade damit beschäftigt, einen Kuchen zu backen.

»Moin, Tante Tatje.«

Sie hatte schon nach wenigen Tagen darauf bestanden, dass er sie so nannte. Die ältere Frau blickte ihn über ihre Halbbrille hinweg an.

»Ja, Roland?«

»Darf ich dich mal was fragen?«

»Klar, komm rein. Mit Tee musst du dich selbst bedienen, ich bin gerade beschäftigt.«

Tatje Olsen knetete nämlich einen Mürbeteig. Der Kommissar nahm sich eine Tasse Tee und lehnte sich gegen den altmodischen Küchenschrank aus Holz. Die Pensionswirtin schaute ihn erwartungsvoll an.

»Du bist doch eine gebürtige Insulanerin. Was kannst du mir über Ella Molden sagen?«

»Habt ihr sie endlich verhaftet?«

Diese Gegenfrage erstaunte Witte. Er hakte nach.

»Warum hätten wir das tun sollen?«

»So genau weiß ich das auch nicht, aber du und Antje seid doch die Polizei. Für mich steht nur fest, dass diese Frau nicht ganz astrein ist. So etwas spüre ich.«

»Das musst du mir genauer erklären.«

»Ellas Großmutter war eine bettelarme Seemannswitwe. Sie lebte in einer kleinen Kate und musste ständig arbeiten, um ihre Kinder durchzubringen. Und plötzlich wurde sie Alleinerbin eines *Onkels aus Amerika*.«

Die Pensionswirtin betonte die drei letzten Worte ihres Satzes spöttisch.

»Du scheinst diese Geschichte nicht zu glauben, Tante Tatje.«

»Das hat damals niemand auf Juist getan! Meine eigene Oma hat mir immer erzählt, dass mit der Familie etwas nicht stimmt. Doch es gab keine Beweise für dunkle Machenschaften. Und du weißt doch bestimmt, was man sich über Neureiche erzählt?«

»Niemand mag sie.«

Tante Tatje lachte.

»Ja, das ist wohl so. Wenn jemand immer nur ein armer Schlucker war und plötzlich auf dem hohen Ross sitzt, dann macht man sich damit nicht beliebt. Vor allem nicht auf so einer kleinen Insel, wo jeder jeden kennt. Die Moldens haben sich jedenfalls eine herrschaftliche Villa mit Nordseeblick bauen lassen. Und sie kauften eine Bootswerft, allerdings auf dem Festland.«

»In Neuharlingersiel.«

»Schon möglich. Die Moldens spürten wohl die Ablehnung der Juister, kamen nur noch selten her. Die Villa wurde manchmal monatelang nicht bewohnt. Was für eine Verschwendung, oder? Nach und nach sind alle Familienmitglieder verstorben, Ella ist die letzte Molden, von der ich weiß.«

»Und warum ist sie auf die Insel zurückgekehrt? Wir haben erfahren, dass sie an diesem Seifenladen *Juister Düfte* finanziell beteiligt ist.«

»Weiß der Kuckuck«, gab Tante Tatje zurück. »Ich sehe sie gelegentlich im *Kompass* oder in der *Küchenwerkstatt*

Tee trinken. Ansonsten wird Ella wohl in ihrer Villa sitzen wie die Spinne im Netz. Sie hat mir nichts getan, aber ich bin trotzdem nicht scharf auf ihre Bekanntschaft. Es gibt einfach Menschen, die einem von Grund auf unsympathisch sind.«

Dafür hatte Witte Verständnis, das ging ihm genauso. Auch er mochte die Geschäftspartnerin der Toten nicht besonders. Deshalb musste sie aber noch lange nicht in ein Verbrechen verwickelt sein. Die Neugier des Kommissars war jedenfalls geweckt.

»Wo finde ich die Molden-Villa eigentlich?«, wollte er wissen.

Die Pensionswirtin knetete nach wie vor hingebungsvoll ihren Teig.

»Den Prachtbau kannst du nicht verfehlen. Die Protzbude steht Ecke Billstraße und Sonnenstraße. Vorn über der Eingangstür ist so ein Anker-Relief in die Wand eingelassen.«

Witte trank seinen Tee aus.

»Na, das muss ich mir mal näher anschauen. Danke für das Schwätzchen, Tante Tatje.«

»Immer wieder gern, mein Jung. Und grüß deine Antje von mir.«

Der Kommissar verließ die Pension, die sich ebenfalls an der zentralen Friesenstraße befand, wenn auch am anderen Ende. Mit den Händen in den Hosentaschen schlenderte er wie ein entspannter Tourist in Richtung Kurplatz. Er musste lächeln, als er an Tatje Olsens Worte dachte. *Meine Antje! Schön wäre es,* dachte er. Aber - war es wirklich so erstrebenswert, wenn aus ihm und seiner Kollegin ein Liebespaar werden würde? Die junge Inselfriesin gefiel ihm gut, sehr gut sogar. Doch konnte es gutgehen, wenn man das gesamte Berufs- und Privatleben gemeinsam verbrachte?

Witte war kein Mann, der sich über ungelegte Eier den Kopf zerbrach. Er konzentrierte sich jetzt lieber auf das kriminalistische Rätsel, das er gemeinsam mit seiner Kollegin lösen musste.

Er ging durch die mit Backsteinen gepflasterten stillen Juister Gassen auf die Billstraße zu. Am Kurplatz standen ein paar junge Leute zusammen, der Wind trug Fetzen ihres Gelächters zu Witte hinüber. Seine Pensionswirtin hatte ihm eine gute Beschreibung geliefert, er entdeckte die Villa auf Anhieb. Das Anker-Relief wurde mit Hilfe indirekter Beleuchtung angestrahlt, so dass man es sogar in dunkler Nacht gut erkennen konnte. Doch dem Kommissar fiel noch etwas anderes auf. Er sah die Umrisse einer Gestalt, die sich an einem der Erdgeschossfenster zu schaffen machte.

Witte war nicht im Dienst. Aber wenn er die Chance hatte, einen Einbrecher auf frischer Tat zu ertappen, dann ließ er sie sich nicht entgehen.

»Polizei!«, rief er mit lauter Stimme. »Was machen Sie da?«

Der Unbekannte war offensichtlich nicht auf eine Konfrontation aus. Und er wollte nicht entdeckt werden. Sobald er den Kommissar erblickt hatte, nahm er die Beine in die Hand. Witte sah nur eine Person in dunkler Hose und ebensolchem Kapuzenpullover. Er hätte noch nicht einmal sagen können, ob es sich um einen Mann oder eine Frau handelte.

Das kläre ich, wenn ich ihn erwischte habe! dachte der Ermittler, während er die Verfolgung aufnahm. Der Verdächtige rannte den Deich hoch, überquerte die Krone und verschwand dann in den Salzwiesen. Witte unterdrückte einen Fluch. Tagsüber wäre es kein Problem gewesen, in dieser flachen Landschaft einen Flüchtenden im Auge zu behalten. Doch nach Einbruch der Dunkelheit war es, als ob der Kommissar die Person in einem Kohlenkeller ohne Fenster verfolgen würde.

Aber so schnell gab Witte nicht auf.

Er versuchte, selbst so wenig Geräusche wie möglich zu verursachen. Gleichzeitig horchte er darauf, wo der Verdächtige sein konnte. Das war nicht einfach, denn das Heulen des Windes verzerrte die Wahrnehmung. Vor allem das Abschätzen von Entfernungen machte dem Kommissar Schwierigkeiten. Er hätte schwören können, dass der Flüchtende sich nur eine Armeslänge weit vor ihm befand. Witte glaubte sogar, das Keuchen seines Atems zu hören.

Er lief schneller, stellte sich auf einen Kampf ein. Der Ermittler war nicht bewaffnet, nach Dienstschluss lag seine Pistole eingeschlossen auf der Polizeiwache. Doch Witte war jung, kräftig und durchtrainiert. Aber zuvor musste er seinen Widersacher erst einmal zu fassen bekommen.

»Polizei! Bleiben Sie stehen!«, rief er noch einmal. Eigentlich tat er es nur, weil er auf eine Reaktion hoffte. Und die kam prompt. Er hörte aus der Ferne ein leises Kichern und erkannte, dass er sich völlig verschätzt hatte. Der Verdächtige musste flink wie ein Wiesel sein. Er schien schon einen beachtlichen Vorsprung zu haben. Witte trat in ein Wasserloch, das er in der Finsternis nicht gesehen hatte. Er fiel der Länge nach hin. Als er sich wieder aufgerappelt hatte, schien die Person über alle Berge zu sein.

Der Kommissar presste die Lippen aufeinander. Er konnte die halbe Nacht lang über die Salzwiesen irren, ohne dass etwas dabei herauskam. Er hatte ja noch nicht einmal eine Taschenlampe bei sich!

Schlecht gelaunt stapfte er wieder Richtung Deich. Wenig später klingelte Witte bei Frau Molden. In der Villa brannte noch Licht. Mariekes Geschäftspartnerin öffnete und warf ihm einen strengen Blick zu.

»Wissen Sie, wie spät es ist, Herr Witte?«

»Durchaus, und ich hatte eigentlich nicht vor, Sie zu stören. Doch ich habe gerade gesehen, dass jemand in Ihre Villa einbrechen wollte.«

Frau Molden blinzelte irritiert.

»Sind Sie sicher?«

»Die Person ist geflüchtet. Haben Sie einen Verdacht, wer es gewesen sein könnte?«

Ella Molden rümpfte die Nase.

»Ganoven zählen nicht zu meinem Bekanntenkreis.«

Der Kommissar ließ sich nicht beirren.

»Schauen Sie bitte, ob an Ihren Fenstern im Erdgeschoss alles in Ordnung ist?«

»Wenn es sein muss ...«

Während Witte im Eingangsbereich wartete, schaute sie nach dem Rechten. Er war kein Experte, aber die Einrichtung erschien ihm gediegen und hochwertig. Man konnte sich vorstellen, dass die Moldens zu den reichsten Familien der Insel gehörten.

Es dauerte nicht lange, bis Ella Molden zu ihm zurückkehrte.

»Ich habe keine Einbruchspuren feststellen können, Herr Witte. Jedenfalls danke ich Ihnen für Ihre Aufmerksamkeit. Vielleicht haben Sie sich einfach getäuscht.«

»Dafür sind wir da. Ich wünsche noch einen schönen Abend.«

Mit diesen Worten verabschiedete er sich.

Er war fest davon überzeugt, dass Frau Molden versuchte, ihn zu verschaukeln.

Kapitel 9

Antje war sich sicher, die schönste Dienstwohnung bei der niedersächsischen Polizei zu haben. Ihre Privaträume befanden sich im ersten Stockwerk der Polizeistation, die in einem normalen Einfamilienhaus untergebracht war.

Morgens schaute die Kommissarin gern über den Deich hinweg, der sich weit entfernt von der Dienststelle befand. Dahinter erblickte sie die Brandung der Nordsee oder den leeren breiten Strand bei Ebbe. Diese Atmosphäre übte stets eine beruhigende Wirkung auf sie aus. Und gerade an diesem Morgen konnte sie etwas Gelassenheit besonders gut gebrauchen, denn wegen ihres aktuellen Falls hatte sie die halbe Nacht wach gelegen. Er ließ ihr keine Ruhe.

Nach dem Duschen und dem Frühstück zog Antje ihre blaue Uniform an. Innerlich war sie immer noch mit der Dampfer-Havarie vor hundert Jahren beschäftigt. Woher hatte Marieke Halsema das Foto des Kapitäns, wo doch angeblich kaum Informationen über ihn existierten? Oder hatte ihr Vater sich geirrt? Tjark Fedder war pensionierter Seemann und Gastwirt, aber kein Kriminalist. Allerdings hatte er selbst eingeräumt, dass viele seiner Informationen nur aus Gesprächen mit älteren Matrosen stammten. Was damals an Bord der *Leopoldina* geschehen war, wussten wohl nur die Beteiligten.

Doch warum war das Bild so wichtig, dass es unter einem Fußbodenbrett versteckt worden war? Oder hatte nicht Marieke, sondern Ella Molden es dort verborgen? Sie konnte schließlich ebenfalls zu jeder Tages- und Nachtzeit den Laden betreten.

In Gedanken versunken ging Antje die steile Treppe hinab. Sie schloss die Dienststelle auf, und wenig später kam Witte grüßend herein.

Die Kommissarin beschloss, ihre Überlegungen mit ihm zu teilen. Ihr Kollege reagierte geradezu begeistert: »Du meinst also, sowohl Marieke als auch Frau Molden hätten das Bild unter dem Fußboden verschwinden lassen können? Ja, beides wäre möglich.«

Witte nahm auf seinem Bürostuhl Platz.

»Du wirst nicht glauben, was mir vorige Nacht passiert ist.«

Er berichtete Antje von der dunklen Gestalt sowie der ergebnislosen Verfolgungsjagd über die Salzwiesen.

»Und du hast es nicht für nötig gehalten, mich zu benachrichtigen?«, fragte sie mit säuerlichem Unterton.

»Nein, wir hätten auch zu zweit nichts ausrichten können«, erklärte der Kommissar. »Der Vorsprung war bereits zu groß. Und ich war gerade eben noch mal bei der Villa, um bei Tageslicht nach verwertbaren Fußspuren Ausschau zu halten. Das kannst du vergessen, Antje. Dort, wo ich den Einbrecher gesehen habe, besteht der Bodenbelag auf der ganzen Breite aus Kies. Keine Chance.«

Sie beschloss, nicht weiter auf dem Thema herumzuhacken.

»Und warum glaubst du, dass der Einbruchversuch einen Sinn ergibt? Weil in Wirklichkeit ursprünglich Frau Molden in Besitz des Fotos war? Und weil der Einbrecher es darauf abgesehen hatte?«

»Das wäre doch zumindest möglich, oder? Ella Molden behauptete, keine Einbruchspuren bemerkt zu haben. Es kam mir so vor, als ob sie die Sache kleinreden wollte. Normalerweise sind die Menschen doch verängstigt, wenn sie beinahe Opfer einer Straftat geworden sind. Oder? Frau Molden schien mir geradezu ausreden zu wollen, dass da etwas geschehen sein könnte. Und ich bin sicher, dass sie uns etwas Entscheidendes verschweigt.«

»Ich hoffe nur, dass die Kriminaltechniker auf der Plastikhülle oder auf dem Foto selbst verwertbare Fingerabdrücke finden. Dann können wir die Frau nämlich um einen Abgleich bitten und sie festnageln, falls wir sie bei einer Lüge ertappen ...«

Antje unterbrach sich selbst. Sie starrte auf die Schreibunterlage.

»Wolltest du noch etwas sagen?«, erkundigte sich ihr Kollege. Die Kommissarin blickte auf.

»Roland, wir sind Dummköpfe!«

»Du meinst, weil wir bei der Polizei arbeiten, anstatt Schlagerstars zu werden? Antje und Roland mit Hits von der Nordseeküste?«

»Sehr lustig, ich lache später. Nein, ich rede von dem Foto des Kapitäns. Ich zerbreche mir schon die ganze Zeit den Kopf darüber, an wen mich das Bild erinnert. Jetzt weiß ich es: an Ella Molden! Und ich möchte von dir jetzt keinen Witz darüber hören, dass sie keinen Vollbart trägt!«

Witte winkte ab.

»Schon gut, ich kann auch ernst sein, das weißt du. Ja, wenn ich mir Schurrer ohne Bart und mit etwas weicheren Gesichtszügen vorstelle, könnte es hinkommen. Lässt du mich bitte noch mal die Aufnahme sehen?«

»Klar.«

Antje zog ihr Smartphone hervor und holte das abfotografierte Bild aus dem Speicher. Ihr Kollege schaute es sich genau an, bevor er langsam nickte.

»Ja, das kann hinkommen. Also ist Ella Molden womöglich eine Urenkelin des verschwundenen Kapitäns?«

»Des Kapitäns, der womöglich ein Mörder und Dieb war«, ergänzte Antje. Witte stieß langsam die Luft aus den Lungen.

»Das ist ja unglaublich. Jetzt brauche ich erst mal einen Tee.«

Die Kommissarin erhob sich.

»Ich bereite uns eine Kanne zu. Aber glaub nur nicht, dass du ab sofort immer bedient wirst.«

»Die Hoffnung stirbt zuletzt.«

Antje ging in die kleine Teeküche der Wache und begann damit, das ostfriesische Lebenselixier auf traditionelle Art zu kochen. Der Vorgang half ihr dabei, ihre Gedanken zu sortieren. Als sie mit der Kanne, den Tassen, Kandis und Sahne auf einem Tablett zurückkehrte, hatte ihr Kollege offenbar auch weiter über den Fall nachgedacht.

»Es wäre doch möglich, dass Marieke das Foto unter dem Fußbodenbrett versteckte, weil sie ihre stille Teilhaberin damit finanziell unter Druck gesetzt hat. Denn die Familie Molden ist wahrscheinlich wirklich durch das gestohlene Gold zu Wohlstand gelangt. Die Geschichte vom reichen Onkel aus Amerika klingt zu schön, um wahr zu sein.«

»Das sehe ich auch so«, meinte die Kommissarin. »Ich stelle mir die Ereignisse aus den Zwanzigerjahren folgendermaßen vor: Schurrer tötet den Bremer Kaufmann und dessen Gattin, weil er das Gold für sich behalten will. Er wirft die Leichen nachts höchstpersönlich über Bord. So weit, so schlecht. Doch sein Erster Offizier überrascht ihn dabei, wie er sich das Gold unter den Nagel reißt. Vielleicht hat der Untergebene sich auch gefragt, wo die beiden Passagiere geblieben sind. Wie auch immer, es kommt zum Kampf. Der Kapitän ersticht den Ersten Offizier. Bevor er auch diesen Toten fortschaffen kann, gerät die *Leopoldina* in einen schweren Sturm. Die Ruderanlage fällt aus. Schurrer, ohnehin kein leuchtendes Vorbild, schafft es irgendwie, mitsamt dem erbeuteten Gold an Land zu kommen. Und zwar auf Juist, wo ihn Frau Moldens Uroma findet. Sie versteckt Schurrer in ihrer Kate, zum Dank macht er ihr ein Kind.«

Witte trank einen Schluck Tee.

»Ja, und hier wird es kompliziert. Damals waren die Sitten viel strenger als heute. Meine Pensionswirtin hat mir erzählt, dass Frau Moldens Vorfahrin eine arme Seemannswitwe war. Die Juister hätten es garantiert skandalös gefunden, wenn eine alleinstehende Frau plötzlich in anderen Umständen war.«

»Richtig, doch hier kommt das Gold ins Spiel.« Antje spann den Faden weiter. »Die Witwe konnte aufs Festland reisen und ihr Kind bei irgendeiner diskreten Hebamme zur Welt bringen. Wer reich ist, hat wesentlich mehr Möglichkeiten, daran hat sich bis heute nichts geändert.«

»Nur Schurrer musste sich weiterhin verstecken. Wenn er sein Gesicht in der Öffentlichkeit gezeigt hätte, wäre er sofort aufgeflogen. Und damit meine ich gar nicht mal den Mord an dem Kaufmannsehepaar. Da hätte er seinen Kopf vielleicht noch aus der Schlinge ziehen können. Doch dass er Schiff und Besatzung im Stich gelassen hat, konnte nicht geleugnet werden.«

Antje nickte.

»Nun erscheint auch der Bau dieser Villa in einem ganz anderen Licht. Wenn Schurrer die Insel schon nicht verlassen konnte und sich selbst Hausarrest auferlegen musste, wollte er es wenigstens bequem haben. Und in der Villa lässt es sich zweifellos angenehmer wohnen als in so einer zugigen Kate.«

»Also hat Ella Molden Marieke Halsema getötet, weil die zufällig das dunkle Familiengeheimnis entdeckt hat? Aber ist das wirklich ein Mordmotiv? Kein Gericht der Welt kann Frau Molden für die Untaten ihres Urgroßvaters verantwortlich machen.«

»Nein, Roland. Aber ihr Ruf wäre nachhaltig geschädigt worden. Außerdem könnte das damals bestohlene und ermordete Ehepaar Nachfahren haben. Mord verjährt bekanntlich nicht. Dass der Täter nicht mehr am Leben sein dürfte, spielt keine Rolle.«

»Ja, es würde vermutlich einen neuen Strafprozess geben, um die Schuldfrage und den Verbleib des Goldes noch einmal zu klären. Die Presse würde sich gierig auf so ein Thema stürzen.«

Antje trank ihre Teetasse aus.

»Allerdings frage ich mich, wenn Frau Molden die Mörderin war, warum sie ihr Opfer nicht zur Herausgabe des Fotos gezwungen hat. Solange das Bild noch irgendwo existiert, musste sie stets eine Entdeckung fürchten. Und wir sollten nicht vergessen, dass Marieke eine Pistole hatte. Weshalb wehrte sie sich nicht?«

»Der eigentliche Mord dürfte eine spontane Tat gewesen sein«, mutmaßte Witte. »Denk daran, wo die Leiche lag. Die Verkaufstheke war nicht in Reichweite. Marieke war unbewaffnet, als sie erstickt wurde. Außerdem wissen wir nicht, ob sie irgendwelche Substanzen im Blut hatte, die ihren Widerstand erschwerten. Eigentlich hätte sich nämlich eine junge gesunde Frau gut gegen Ella Molden zur Wehr setzen können. Für so stark halte ich unsere Verdächtige nicht.«

Die Kommissarin kritzelte etwas in ihr Notizbuch.

»Wenn wir zu Frau Molden gehen und auf den Busch klopfen, wird sie alles leugnen«, gab Antje zu bedenken. »Die Familienähnlichkeit ist vorhanden, dürfte aber als schlagkräftiger Beweis nicht ausreichen.«

Sie seufzte.

»Und wie passt der Einbruchversuch von letzter Nacht ins Bild? Hatte Marieke einen Komplizen, der von dem Foto wusste? Und der nun denkt, dass Ella Molden sie ermordet und das Bild an sich genommen hat? Und dann wollte er es in der Villa suchen? Und wer hat auf dem Bettlaken so stark geblutet?«

»Darüber habe ich nachgedacht«, erwiderte Witte. »Lass uns davon ausgehen, dass der Verletzte nicht zum Arzt gegangen ist. Dort müsste er unangenehme Fragen fürchten, wenn es sich beispielsweise um eine Stichwunde handelt. Es gibt also zwei andere Möglichkeiten: Entweder fährt der Verwundete aufs Festland und lässt sich dort zusammenflicken, vielleicht bei einem verschwiegenen Quacksalber. Oder er bleibt auf Juist und kauft sich Verbandsmaterial, um die Wunde selbst zu versorgen.«

Ein paar Minuten herrschte Schweigen.»Lass uns abwarten, ob auf der Plastikhülle verwertbare Spuren nachgewiesen werden können«, schlug Witte vor. »Und bis wir die Ergebnisse der Kriminaltechnik haben, prüfen wir, ob jemand eine größere Menge Verbandszeug gekauft hat.«

Kapitel 10

Auf Juist gab es eine Apotheke und einen Drogeriemarkt. Daher dauerte die Recherche nicht allzu lange. Während die Ermittler in der Seehund-Apotheke nicht fündig wurden, konnte die Kassiererin im Drogeriemarkt Auskunft geben: »Ja, da war am Dienstag ein Kunde, der ziemlich viele Mullbinden, Heftpflaster und Desinfektionsspray gekauft hat. So etwas kommt nicht oft vor, meist kaufen Urlauber nur ein paar Pflaster, wenn sie am Strand auf eine scharfkantige Muschel getreten sind.«

»Hat der Mann mit Kreditkarte bezahlt?«, fragte Antje hoffnungsvoll.

»Da müsste ich nachschauen, einen Moment bitte.«

Die Ermittler warteten, während die Angestellte ins Büro eilte. Es dauerte nicht lange, bis sie mit einem Abrechnungsbeleg zurückkehrte.

»Lukas Tillner«, las Witte von dem Bon ab. »Das ist hilfreich.«

Die Polizisten bedankten sich und verließen den Drogeriemarkt wieder.

»Wenn es die Glücksgöttin gut mit uns meint, hat Herr Tillner seine Unterkunft über die Tourist-Information gebucht«, sagte die Kommissarin. Sie schwangen sich auf ihre Räder und fuhren zum Rathaus hinüber. Dort erfuhren die Beamten, dass ein gewisser Lukas Tillner aus Köln eine Ferienwohnung in der Billstraße gebucht hatte. Er war schon vor zwei Wochen angereist.

»In der Billstraße«, wiederholte Witte, als sie wenig später diese Richtung einschlugen. »Kann das ein Zufall sein?«

»Wie man es nimmt«, entgegnete Antje. »Die Billstraße ist lang, und Frau Moldens Villa befindet sich ganz am Anfang.«

Wie sich herausstellte, war die Unterkunft des Verdächtigen noch ein ganzes Stück weit entfernt. Das Haus mit sechs Wohneinheiten war erst vor wenigen Jahren errichtet worden. Große Balkone wiesen in Richtung Deich und Nordsee, so dass alle Bewohner in den Genuss dieses Anblicks kamen. Antje hatte erfahren, dass Tillner das Apartment mit der Nummer drei bezogen hatte. Sie drückte auf den entsprechenden Klingelknopf.

Es knackte in der Gegensprechanlage. Eine Männerstimme ertönte.

»Ja?«

»Moin, hier ist die Polizei Juist. Wir haben einige Fragen an Sie, Herr Tillner.«

»Ich wüsste nicht, warum ich Ihnen öffnen sollte.«

»Wir können auch mit einem Durchsuchungsbefehl wiederkommen, wenn Ihnen das lieber ist«, drohte Antje. »Und falls Sie es sich einfallen lassen sollten, vorzeitig abreisen zu wollen, dann finden wir das heraus.«

Es dauerte keine zehn Sekunden, bis der Summer betätigt wurde.

»Ich liebe es, wenn du so energisch bist«, sagte Witte schmunzelnd.

»Lass den Unsinn«, zischte sie. Obwohl sie sich innerlich über das Kompliment freute. Doch jetzt galt es, sich auf den Verdächtigen zu konzentrieren.

Lukas Tillner lehnte sich gegen den Türstock. So, als ob er unbedingt das Eindringen der Polizisten in seine Ferienwohnung verhindern wollte. Antje schätzte den Mann auf Ende dreißig oder Anfang vierzig. Seine Haut war gebräunt, er hatte eine schlanke und sportliche Figur. Seine Augen hatten die Farbe von Haselnüssen, das Haar war etwas heller. Wäre er der Kommissarin auf der Straße begegnet, so hätte sie ihn auf den ersten Blick sympathisch gefunden. Doch sie musste davon ausgehen, dass er in ein Verbrechen verwickelt war.

Seine Gesichtszüge waren angespannt, obwohl er noch gar nicht wusste, was die Ordnungsmacht von ihm wollte. Vielleicht gehörte er zu den Menschen, die generell etwas gegen die Polizei haben. Doch Antje tippte eher darauf, dass er etwas vor ihnen verbergen wollte.

Sie stellte sich selbst und ihren Kollegen vor, dann fragte sie: »Dürfen wir hereinkommen?«

Tillner verschränkte die Arme vor der Brust, eine klassische Abwehrgeste.

»Ich habe mit Ihnen nichts zu besprechen.«

»Doch, das haben Sie. Wir wissen, was in Marieke Halsemas Wohnung geschehen ist.«

Sobald die Kommissarin den Namen der Toten ausgesprochen hatte, bröckelte Tillners coole Fassade. Sein Gesicht erinnerte sie plötzlich an das eines kleinen Jungen, der bei einem besonders dummen Streich erwischt wurde und sich vor der Strafe fürchtet. Antje warf ihm einen harten Blick zu.

»Vielen Dank, dass Sie uns hereinlassen wollen.«

Ihre Worte klangen wie ein Befehl, und tatsächlich gab Tillner die Tür frei. Die beiden Ermittler betraten die großzügig geschnittene Ferienwohnung. Sie war modern eingerichtet und bot Platz für vier Personen. Doch ein schneller Rundgang zeigte, dass nur eines der Betten bezogen war und benutzt wurde. Der Kommissarin entgingen die minimalen Blutspuren im Bad nicht. Vermutlich waren sie beim Verbandswechsel entstanden.

Tillner hatte nichts gesagt, als Antje sich umgeschaut hatte, schien sich aber langsam vom ersten Schock des Überraschungsbesuchs erholt zu haben. Jedenfalls öffnete er jetzt den Mund.

»Was hat Marieke Ihnen über mich erzählt? Sie dürfen ihr kein Wort glauben.«

Witte kniff die Augen zusammen, als er den Urlauber von Kopf bis Fuß musterte.

»Ach, ist das so? Dann erzählen Sie uns doch mal Ihre Version der Geschichte.«

Ob Tillner noch gar nicht wusste, dass die junge Frau nicht mehr lebte? Darüber war Antje sich noch nicht im Klaren. Es war sicher besser, den Mann erst einmal erzählen zu lassen. Tillner bot den Beamten keinen Platz an, daher blieben sie mitten im Wohnzimmer stehen. Er setzte sich auf den äußersten Rand eines Sofas, verschränkte die Finger beider Hände ineinander und blickte zu Boden. Dann begann er zu sprechen.

»Ich leide unter einem *Burn-out*, also habe ich mir selbst eine längere Pause auf dieser wundervollen Insel verordnet. Ich bin Geschäftsführer einer Werbeagentur, mein Job frisst mich auf. Jedenfalls geht es mir schon besser, seit ich auf Juist bin. Und ich war so weit, dass ich neue Bekanntschaften machen wollte.«

»Mit Frauen«, stellte Witte trocken fest.

»Ja, gewiss - na und? Ich bin Single. Es ist doch nichts dabei, ein wenig zu flirten.«

Solange die Liebelei nicht mit einer blutenden Wunde endet, dachte Antje. Doch sie sagte nichts, sondern ließ Tillner weiterreden.

»Ich ging in die *Atlantic Bar,* wo ich Marieke kennenlernte. Sie schickte mir eindeutige Signale. Es war offensichtlich, dass sie an mir interessiert war.«

Bis hierhin erschien der Kommissarin die Aussage plausibel. Tillner war ein attraktiver Typ, außerdem machte er einen gepflegten und wohlhabenden Eindruck. Seine Freizeitkleidung stammte gewiss nicht aus einer Billigketten-Filiale, und seine Armbanduhr hatte wahrscheinlich einen vierstelligen Betrag gekostet. Antjes Blick für solche Details war geschärft.

»Wann war das?«, fragte sie.

»Montagabend.«

»Wie ging es dann weiter?«, wollte Witte wissen.

»Es entwickelte sich ein lockeres Gespräch. Marieke erzählte mir von ihrem Seifenladen und ihrer Strandbar. Sie ließ durchblicken, dass sie sich als alleinstehende Frau auf dieser Insel manchmal einsam fühlen würde. Nach ein paar Cocktails lud sie mich in ihre Wohnung ein.«

Tillner verstummte.

»Darf ich ein Glas Wasser trinken?«, fragte er schüchtern, was nicht so recht zu ihm passen wollte. Entweder zog er eine Show ab oder es fiel ihm wirklich schwer, über diese Ereignisse zu reden.

»Nur zu«, sagte Witte. Tillner ging zur offenen Designerküche hinüber, ließ ein Glas Wasser aus dem Hahn und fuhr fort: »In Mariekes Wohnung kamen wir uns näher. Doch plötzlich wurde sie ganz seltsam, richtig aggressiv. Ich hatte keine Ahnung, was ich falsch gemacht haben könnte.«

»Haben Sie sie nicht danach gefragt?«

»Doch, Frau Fedder. Ich sagte, dass ich wohl besser gehen sollte. Darauf erwiderte sie: ‚Willst du mir nicht erst das Foto klauen?‘ Ich wusste nicht, was ich mit dieser Aussage anfangen sollte. Aber bevor ich sie darauf ansprechen konnte, hatte sie mich bereits mit einem Messer angegriffen!«

Tillner unterstrich seine Worte, indem er sein Sweatshirt hochzog. Unterhalb des linken Rippenbogens hatte er einen dicken Verband, der mit Heftpflaster festgeklebt war.

Einen Moment lang herrschte Stille, man hörte nur das Kreischen der Möwen, die über den nahegelegenen Salzwiesen kreisten.

»Warum sind Sie nicht zur Polizei gegangen, nachdem Sie angegriffen wurden?«, fragte der Kommissar. »Ein Angriff mit einem Messer ist mindestens gefährliche Körperverletzung, vielleicht sogar ein versuchtes Tötungsdelikt.«

Der Verwundete seufzte.

»Daran habe ich schon mehrmals gedacht, das müssen Sie mir glauben. Aber es kam mir so vor, als ob Marieke über ihre Tat erschrockener war als ich selbst. Sie ließ das Messer fallen und rannte aus der Wohnung, obwohl sie nur spärlich bekleidet war. Ich holte mir ein Handtuch aus dem Bad und presste es auf die blutende Wunde. Dann verließ ich selbst die Wohnung. Draußen rechnete ich jeden Moment damit, dass sie mich noch einmal attackieren würde. Das geschah allerdings nicht.«

»War Marieke Halsema noch in der Nähe?«

»Nein, Herr Witte. Ich habe sie seit jener Nacht nicht mehr gesehen. - Wie lautet denn ihre Version, wenn ich mich danach erkundigen darf?«

»Frau Halsema konnte uns die Ereignisse in ihrer Wohnung nicht schildern, sie ist nämlich tot«, erklärte Antje. Während sie sprach, ließ sie Tillner nicht aus den Augen. Der Mann erschrak sichtlich.

»M-moment mal! Denken Sie etwa, ich hätte etwas damit zu tun?«

»Haben Sie?«, fragte die Kommissarin zurück. Sie konnte ihr Gegenüber nur sehr schwer einschätzen. Er hatte ein starkes Motiv, nämlich Rache für den Messerangriff. Andererseits schien Tillner von der Todesnachricht wirklich überrascht zu sein. Darauf konnte man allerdings nach Antjes Meinung nichts geben. Tillner arbeitete in der Werbung, tagtäglich hatte er mit Illusionen und dem schönen Schein zu tun. Und weil er früher oder später mit einem Besuch durch die Polizei rechnen musste, hatte er seine Rolle als Unschuldsengel in aller Ruhe einüben können.

Womöglich hatten Witte und sie den Mörder der jungen Frau schon gefunden. Immer vorausgesetzt, dass sie nicht auf natürliche Art ums Leben gekommen war. Tillner war jetzt totenbleich geworden. Antje fragte sich, ob man trainieren konnte, dass einem das Blut aus dem Kopf wich. Irgendwelche indischen Gurus, die sich lebendig begraben ließen, waren dazu gewiss in der Lage.

Aber würde ein gestresster Werbemanager das auch können? Oder ließ die Aussicht auf eine lebenslange Gefängnisstrafe das Blut aus seinem Gesicht weichen?

Tillner schwankte. Er hielt sich mit beiden Händen an der marmornen Arbeitsfläche in der Küche fest.

»Selbstverständlich habe ich der Frau kein Haar gekrümmt!«, beteuerte er.

»Wo waren Sie gestern Morgen zwischen neun und zehn Uhr?«

Witte hatte die Frage in neutralem Ton gestellt. Tillner lachte heiser. Es klang eher hysterisch als amüsiert.

»Ich war hier, allein. Bin ich jetzt verhaftet?«

»Wir vernehmen Sie zumindest als Verdächtigen einer Straftat«, erklärte Antje. »Sie müssen sich nicht selbst belasten und können einen Rechtsbeistand hinzuziehen.«

»Das sollte ich wohl besser wirklich tun«, murmelte Tillner. Auf seiner Stirn waren zahlreiche kleine Schweißperlen erschienen.

»Frau Halsema kann uns keine andere Version Ihrer Geschichte mehr liefern«, stellte der Kommissar fest. »Mir fällt hingegen auf Anhieb eine mindestens ebenso glaubwürdige Variante ein. - Es ist gut möglich, dass Marieke Sie wirklich mit in die Wohnung genommen hat. Vielleicht wollte sie nur einen letzten Kaffee mit Ihnen trinken, wer weiß. Doch Sie wollten mehr. Also drängten

Sie die Frau ins Schlafzimmer und warfen sie aufs Bett. Sie wehrte sich, gelangte an ein Messer, stach zu. Und Sie rannten voller Panik davon. Allerdings nagte diese Entwicklung der Ereignisse an Ihrem Selbstbewusstsein. Sie sind es vielleicht nicht gewöhnt, dass eine Frau sich Ihnen widersetzt. Und nach dem Gespräch in der Bar wussten Sie, dass es den Seifenladen gab. Stinksauer gingen Sie dorthin. Marieke war allein im Geschäft, weil sie gerade erst geöffnet hatte. Sie stritten sich mit ihr, ein Wort gab das andere - und plötzlich war Marieke tot.«

»Sie haben eine blühende Fantasie«, murmelte Tillner. »Bitte gehen Sie jetzt, ich rufe meinen Rechtsanwalt an. Mit etwas Glück kann er noch heute mit dem Flieger auf Juist eintreffen.«

»Tun Sie das«, entgegnete Antje und legte eine ihrer Visitenkarten auf die Arbeitsfläche. »Melden Sie sich bei uns, sobald Ihr Verteidiger eingetroffen ist. Und falls Sie Juist verlassen wollen, möchten wir zuvor davon erfahren.«

Tillner nickte. Er kam Antje in diesem Moment vor wie ein geschlagener Boxer.

»Ich hätte den Kerl am liebsten sofort verhaftet«, grollte Witte, nachdem sie das Haus verlassen hatten und auf ihren Rädern wieder Richtung Polizeistation fuhren.

»Solange wir nicht wissen, ob Marieke überhaupt ermordet wurde, können wir uns mit einer Festnahme arg in die Nesseln setzen. - Übrigens kam mir ein Detail von Tillners Aussage sehr glaubwürdig vor.«

»Du meinst Mariekes Frage, ob er das Foto an sich bringen wollte? Gut, damit kann nur die Aufnahme von Kapitän Schurrer gemeint gewesen sein. Alles andere ergibt keinen Sinn.«

»Falls Tillners Darstellung stimmt, dann war ihre Reaktion hysterisch, vielleicht sogar paranoid. Sie äußert einen Verdacht und sticht sofort auf ihn ein.«

Der Kommissar schaute Antje von der Seite an.

»Ich wundere mich darüber, dass du ihm glaubst, Antje. Für mich war das eine versuchte Vergewaltigung, bei der sich das Opfer erfolgreich gewehrt hat.«

»Normalerweise würde ich dir recht geben, wenn Tillner nicht die Sache mit dem Bild erwähnt hätte. Marieke wird einer flüchtigen Barbekanntschaft nicht anvertraut haben, dass sie dieses Foto des mörderischen Kapitäns in ihrem Besitz hat. Außerdem sollten wir im Hinterkopf behalten, dass Marieke schon seit mindestens zwei Monaten eine Pistole unter ihrer Ladentheke liegen hatte. Aus welchem Grund? Hat es vielleicht schon vorher einen Versuch gegeben, ihr das Bild abzujagen?«

»Einverstanden, womöglich wollte Tillner sich doch nicht an Marieke vergehen«, räumte Witte ein. »Dann verstehe ich aber nicht, warum er sie nicht bei uns angezeigt hat.«

»Wir stochern im Nebel«, stellte Antje fest. »Nach der Obduktion und der kriminaltechnischen Untersuchung der Leiche sehen wir klarer. Falls es einen sexuellen Übergriff gab, wird er Spuren hinterlassen haben. Und womöglich lässt sich DNA von Tillner unter Mariekes Fingernägeln nachweisen.«

»Gut, was Tillner angeht, müssen wir uns leider noch zurückhalten. Aber wie sieht es mit Frau Molden aus? Die lügt doch wie gedruckt. Marieke wird sich die Pistole wegen ihr verschafft haben, was wir aber nur vermuten können.«

»Und was wäre, wenn wir Ella Moldens Abstammung von Kapitän Schurrer beweisen würden?«, fragte Antje. »Dann könnten wir zumindest ihre Glaubwürdigkeit erschüttern. Und wenn sie den Mord vielleicht auch nicht selbst ausgeführt hat, so kann sie durchaus die Anstifterin gewesen sein.«

»Zugegeben. Und wie willst du das bewerkstelligen?«

»Ich habe da so eine vage Idee«, gab Antje lächelnd zurück.

Kapitel 11

Der Rechtsanwalt traf wirklich noch am selben Tag mit dem Inselflieger auf Juist ein. Nachdem Tillner sich mit ihm beraten hatte, erschienen die beiden gemeinsam auf der Dienststelle. Der Werbemanager gab eine offizielle Aussage zu Protokoll, in der er bei seiner Darstellung blieb. Laut Tillner war die Gewalt ausschließlich von Marieke ausgegangen. Er unterschrieb seine Erklärung, dann durfte er gehen. Eine Handhabe für eine Verhaftung gab es momentan nicht. Also zogen die beiden Herren wieder ab.

»Warum hat Marieke das blutige Laken nicht beseitigt, nachdem die Tat geschehen war?«, dachte Witte laut nach.

Antje hob die Schultern.

»Womöglich rechnete sie damit, dass Tillner doch eine Strafanzeige stellt. Dann hätte sie das blutige Tuch als einen Beweis dafür präsentieren können, dass ein Kampf stattgefunden hat. Mit ihrer Version hätte sie ihn dann belasten können, obwohl seine Geschichte an sich genauso glaubwürdig ist. Eines habe ich nämlich inzwischen über unser Opfer gelernt: Sie war ziemlich raffiniert.«

»Weil sie ihr Seifengeschäft von Ella Molden finanzieren ließ?«

»Richtig, Roland. Für mich sieht das nach einer lupenreinen Erpressung aus. Wir sollten tiefer graben und herausfinden, ob sie vielleicht noch anderen Leuten Geld aus dem Kreuz geleiert hat.«

»Und den sauberen Herrn Tillner werde ich mal durch die Datenbanken jagen«, kündigte Witte an.

»Also, das ist interessant«, murmelte er nach einer Weile.

Antje blickte auf.

»Was denn?«

»Vor drei Jahren wurde Tillner wegen Diebstahl angezeigt, und zwar von einer gewissen Laura Becker. Frau Becker warf ihm vor, eine Halskette von ihr entwendet zu haben, als sie ihn für ein Schäferstündchen mit in ihre Wohnung nahm. Die Kette hatte praktisch keinen materiellen Wert, es handelte sich um ein Erbstück.«

Die Kommissarin tippte mit dem Bleistift auf ihre Schreibunterlage.

»Hm, Tillner wollte sich gewiss nicht an dem billigen Tand bereichern. Es soll ja Männer geben, die sich von ihren Frauenbekanntschaften eine Art Trophäe mitnehmen. Und das muss nicht zwangsläufig Unterwäsche sein.«

»Also könnte Tillner auch bei Marieke nach einem solchen Affären-Souvenir gesucht haben, als sie mal den Raum verlassen hatte«, schlussfolgerte Witte. »Als sie wieder hereinkam, nahm sie an, dass er nach dem Foto suchen würde. Bei ihr brannten die Sicherungen durch, und sie griff ihn mit dem Messer an. Übrigens hat diese Frau Becker damals die Strafanzeige zurückgezogen. Sie behauptete gegenüber den Kölner Kollegen, dass sie die Halskette wohl verloren hätte. Man hat die Ermittlungen eingestellt. Wir können wohl davon ausgehen, dass Tillner die Frau mit Geld ruhiggestellt hat.«

Antje nickte.

»Wir sollten Tillner im Visier behalten, uns aber nicht auf ihn als Tatverdächtigen versteifen. Als Marieke sich die Pistole beschafft hat, kannte sie den Mann noch gar nicht. Jedenfalls nach unserem jetzigen Kenntnisstand.«

Antje warf einen Blick auf die Homepage der *Juister Düfte*. Dort gab es neben der Produktpalette auch ein sehr professionelles Foto der Ladeninhaberin sowie einen kurzen Lebenslauf zu sehen.

»Marieke Halsema war keine gebürtige Insulanerin«, stellte sie fest. »Laut diesen Informationen hat sie in Wittmund das Modegeschäft *North Sea Fashion* besessen, bevor sie nach Juist kam und gemeinsam mit Ella Molden

den Seifenladen gründete. Es könnte nichts schaden, sich dort nach ihr zu erkundigen. *North Sea Fashion* gibt es vielleicht noch.«

Antje ließ sich von der Auskunft die Telefonnummer geben und rief dort an. Eine junge Frauenstimme meldete sich.

»Moin, *North Sea Fashion*, Sie sprechen mit Ina Grönefeld.«

Die Kommissarin nannte ihren Namen und ihren Dienstgrad. Dann fragte sie: »Kennen Sie die Vorbesitzerin des Geschäfts?«

Als Frau Grönefeld antwortete, klang ihre Stimme frostig und misstrauisch.

»Ja ... ich habe den Laden von ihr übernommen. *North Sea Fashion* gehört jetzt mir. Worum geht es denn?«

»Wir untersuchen Marieke Halsemas Tod.«

»Oh!« Die junge Frau klang überrascht. Nach einer kurzen Pause fuhr sie fort: »Das mag hart klingen, aber es musste vielleicht so kommen.«

»Wie meinen Sie das?«

»Marieke war ... kein ehrlicher Mensch. Sie hat mich übers Ohr gehauen, als ich das Geschäft übernommen habe. Es war immer schon mein Traum, einen eigenen Laden zu besitzen und ich bin wohl zu vertrauensselig gewesen. Inzwischen habe ich es geschafft, von den Schulden runterzukommen. Und ich war froh, dass Marieke mir nicht mehr über den Weg lief. Wurde sie ermordet?«

Antje horchte auf.

»Warum vermuten Sie das?«

»Als Marieke damals an mich verkaufte, machte sie einen gehetzten Eindruck. Ich erfuhr, dass sie sich von einem Ex-Freund verfolgt fühlte. Allerdings wurde der Kerl verhaftet, weil er wohl anderweitig Dreck am Stecken hatte.«

»Hat sie Ihnen den Namen genannt?«

»Warten Sie ... er hieß Hinrichsen oder so ähnlich ... nein, Hinrichs. Markus Hinrichs, glaube ich.«

»Das lässt sich nachprüfen. Wissen Sie denn auch, warum dieser Mann hinter Marieke Halsema her war?«

»Nein, jedenfalls nicht genau. Wir waren ja keine Freundinnen. Und ehrlich gesagt hat mich ihr Privatleben nicht interessiert, es ging mir nur um den Laden. Sie hat einmal angedeutet, dass ihr Ex von ihr besessen wäre. Und sie würde sich vor seiner Haftentlassung fürchten.«

Antje wusste aus ihrer polizeilichen Erfahrung, dass etliche Menschen das Ende einer Beziehung nicht akzeptieren wollten. Falls dieser Hinrichs nicht noch hinter Gittern saß, kam auch er als möglicher Mordverdächtiger in Frage.

Sie bedankte sich für die Informationen und beendete das Telefonat. Da der Lautsprecher eingeschaltet gewesen war, hatte Witte alles mitgehört. Er tippte bereits auf der Tastatur seines PCs.

»Einen Markus Hinrichs finde ich nicht, aber mit Marco Hinrichs könnte ich dienen. Marco, diesen Namen hatte uns doch auch die Mutter des Opfers genannt, oder? Der Knabe wurde vor dreiunddreißig Jahren in Wittmund geboren. Abgebrochene Kochlehre, Jugendstrafen, schließlich eine Verurteilung wegen schweren Raubs. Er wurde vor drei Monaten wegen guter Führung vorzeitig aus der JVA Lingen entlassen.«

Die Kommissarin ging zu ihrem Kollegen hinüber und schaute ihm über die Schulter. Die erkennungsdienstlichen Fotos von Hinrichs zeigten einen jungen Mann mit hohen Wangenknochen und Schmollmund. Sein Blick wirkte heimtückisch. Oder kam es Antje nur so vor, weil sie nun seine kriminelle Vergangenheit kannte? Zwar versuchte sie stets, den Menschen ohne Vorbehalte entgegenzutreten, doch das war nicht immer einfach. Im Zweifelsfall verließ sie sich auf ihr Bauchgefühl, das sie bisher selten getrogen hatte.

Bevor Antje etwas sagen konnte, klingelte das Telefon. Sie nahm das Gespräch entgegen. Dr. Lohse vom Gerichtsmedizinischen Institut Oldenburg war am Apparat.

»Moin, Frau Fedder. Ich habe hier gerade die weibliche Leiche auf dem Seziertisch. Und ich könnte mir vorstellen, dass Sie schon mal einen Zwischenstand bekommen möchten.«

»Das wäre wirklich sehr gut. Wir hängen diesmal etwas in der Luft. Liegt denn überhaupt ein Verbrechen vor?«

»Allerdings!«, betonte der Gerichtsmediziner. »Das Opfer ist erstickt worden. Ich konnte Fasern eines Seidengewebes in der Speiseröhre und der Lunge nachweisen. Vermutlich hat der Täter ein Tuch oder einen Schal auf ihren Mund und ihre Nase gepresst, bis der Erstickungstod eintrat.«

Die Kommissarin atmete tief durch. Nun hatte sich also der Verdacht bestätigt. Dr. Lohse fuhr fort: »Unter den Fingernägeln der Frau sind Hautpartikel nachweisbar. Die Rückstände weisen männliche DNA auf, und zwar von zwei *unterschiedlichen* Personen.«

»Das Opfer wurde also von zwei Tätern ermordet?«

»Ob die Frau sich gewehrt hat und dabei die Hautreste unter ihre Nägel gelangten, kann ich nicht sagen. Es wäre auch möglich, dass zwischen den beiden Begegnungen mit Männern ein Abstand von mehreren Stunden oder einem ganzen Tag liegt.«

»Sie wird sich doch ab und zu die Hände gewaschen haben«, gab Antje zu bedenken.

»Solche winzigen Rückstände lassen sich durch simple Handreinigung nicht entfernen, Frau Fedder.«

Bevor die Ermittlerin die Frage nach sexuellen Kontakten stellen konnte, schnitt der Gerichtsmediziner das Thema an.

»Männliche DNA konnte übrigens auch im Körperinneren festgestellt werden. Es gibt keine Hinweise auf gewaltsames Eindringen, also vermutlich einvernehmlicher Geschlechtsverkehr, ungefähr sechs bis sieben Stunden vor dem Tod. Der genetische Fingerabdruck des Spermas stimmt mit dem der einen Probe unter den Fingernägeln überein.«

»Also hatte das Opfer mit einer männlichen Person Sex, und wurde von einem anderen Mann erstickt?«

»Ja, das wäre eine denkbare Variante. Es kann aber auch ganz anders gewesen sein.«

»Hatte die junge Frau irgendwelche chemischen Substanzen im Blut?«

»Das war nicht der Fall. Ihr guter körperlicher Allgemeinzustand spricht auch gegen einen Missbrauch von Alkohol oder Drogen über einen längeren Zeitraum hinweg.«

»Sie war also bei klarem Verstand, als sie erstickt wurde? Mein Kollege und ich fragen uns nämlich, warum sie sich nicht stärker gewehrt hat. Sie lag mit dem Gesicht nach oben auf dem Fußboden ihres Ladens, als wir sie gefunden haben.«

»Am Hinterkopf konnte ich Spuren feststellen, die auf einen Schlag hindeuten. Oder sie ist rücklings umgestoßen worden und hat sich den Schädel am Fußboden aufgeschlagen. In beiden Fällen könnte eine leichte Benommenheit die Folge gewesen sein. So dürfte der Täter leichtes Spiel gehabt haben.«

»Also kann das Opfer dem Mörder keine schwerwiegenden Verletzungen zugefügt haben?«

»Darauf deutet nichts hin, Frau Fedder. Wenn Sie mir Vergleichsproben Ihrer Verdächtigen liefern, kommen wir einen Schritt weiter.«

»Wir haben gestern ein blutiges Bettlaken in die Kriminaltechnik geschickt. Könnten Sie die DNA bitte abgleichen?«

»Ich kümmere mich darum. Mal sehen, ob die Kollegen das Laken schon untersucht haben. Sie wissen ja, wie chronisch unterbesetzt sie sind. Aber jetzt muss ich weiterarbeiten, ein ausführlicher Obduktionsbericht geht Ihnen in den nächsten Tagen zu.«

Antje bedankte sich und beendete das Telefonat. Dann ging sie den neuen Ermittlungsstand mit Witte durch.

»Frau Molden kommt also als eigentliche Täterin wahrscheinlich nicht in Frage, ist aber als Anstifterin weiter im Rennen«, stellte der Kommissar fest. »Was die Männer in Mariekes Leben angeht, so sind uns bisher Tom Brünjes, Lukas Tillner und Marco Hinrichs bekannt. Ob es noch weitere Kandidaten gab, wissen wir nicht.«

»Von Brünjes und Tillner könnten wir DNA-Proben bekommen, wenn sie sich freiwillig dazu bereit erklären. Vorerst haben wir auch das blutige Laken mit Tillners DNA. Und bei Hinrichs müssen wir dringend klären, ob er zur Tatzeit überhaupt auf Juist war.«

»Gut, das wird herauszufinden sein. Lass uns gleich noch mal seine Fallakte anschauen. Vielleicht kann uns sein Bewährungshelfer weiterhelfen«

Antje runzelte die Stirn.

»Ich muss gerade noch mal an das Telefonat denken. Das ist zwar super, dass Dr. Lohse DNA gefunden hat, aber selbst wenn ein Abgleich des genetischen Fingerabdrucks einen Treffer ergibt, haben wir keinen hieb- und stichfesten Beweis, der vor Gericht standhält. Wenn der betreffende Mann behauptet, einfach nur mit Marieke zusammen gewesen zu sein, werden wir ihm das Gegenteil nicht beweisen können. Der Gerichtsmediziner wird wohl nicht sagen können, welche DNA vom Mörder stammt. Oder ob überhaupt DNA des Mörders unter ihren Fingernägeln war.«

»Das stimmt. Für beide DNAs kann es eine harmlose Erklärung geben.«

Die Kommissarin schaute ihren Kollegen an.

»Weißt du, was mich stört? In Mariekes Wohnung haben wir nur Blut auf dem Bettlaken gefunden, nicht aber auf dem Boden. Ganz zu schweigen von der fehlenden Stichwaffe.«

Witte hob die Schultern.

»Das Messer kann sie abgewaschen haben. In der Küche befand sich ein ganzer Block mit Steakmessern, die sich alle prächtig als Waffe eignen würden. Und das Blut hat sie aufgewischt, damit sie nicht jedes Mal reintritt. Erst danach hat sie sich vielleicht entschlossen, das blutige Laken aufzuheben.«

Der Kommissar schnippte mit den Fingern.

»Vielleicht hat gar nicht Marieke, sondern Tillner das Messer beseitigt?«

»So ein Unsinn, Roland! Warum sollte er das tun?«

»Ich stelle es mir so vor: Marieke greift Tillner an. Sie ist so geschockt von ihrem eigenen Verhalten, dass sie wegläuft – und zwar zu Brünjes. Er hat ja angegeben, dass sie Montagnacht bei ihm war. Tillner hingegen ist verletzt, aber nicht schwer. Er presst irgendein Handtuch auf seine Wunde und nimmt das Messer mit. Darauf befinden sich Mariekes Fingerabdrücke und sein eigenes Blut. Also kann er sie damit erpressen.«

Antje runzelte die Stirn.

»Um auch in Zukunft Sex mit ihr zu haben? Zugegeben, es wäre möglich. Und als er dann am Mittwochmorgen zu Marieke in den Laden ging, eskalierte die Situation. Vielleicht wollte sie ihre Pistole holen, woraufhin er sie erstickte.«

Die Kommissarin war mit diesem Erklärungsversuch noch nicht hundertprozentig einverstanden - sie hatten einfach nichts Greifbares, es war zu viel Spekulation.

Sie konnte nur hoffen, dass wenigstens ihr Vorhaben in Bezug auf Ella Molden funktionieren würde.

Kapitel 12

Witte fühlte sich nicht gerade wohl in seiner Haut, als Antje und er am nächsten Vormittag am Fährhafen saßen und auf das Schiff aus Norddeich warteten. Seine Hand ruhte auf einem großen Rucksack.

Der Rest des vorherigen Arbeitstages war frustrierend verlaufen.

Der Bewährungshelfer von Marco Hinrichs hatte bestätigt, dass er sich wöchentlich melden musste und dies ordnungsgemäß am Montagfrüh getan hatte. Die Kommissare hatten nach ihm Ausschau gehalten. Doch auf Juist schien ihn niemand gesehen zu haben.

Erwartungsgemäß hatte sich Lukas Tillner auf Anraten seines Anwalts geweigert, eine DNA-Probe abzugeben. Bei ihm mussten sie also auf einen richterlichen Beschluss warten.

Und Tom Brünjes war einfach nicht aufzufinden gewesen. Die Ermittler hatten ihn sowohl in der Strandbar als auch in seinem Zimmer vergeblich gesucht. Sein Smartphone war ausgeschaltet. Bei der Gepäckausgabe wurde er nicht vermisst, weil er laut seinen Kollegen während der nächsten zwei Tage keine Schicht hatte.

»Wenn wir Tom morgen nicht finden, schreiben wir ihn zur Fahndung aus«, hatte Antje gestern schließlich vorgeschlagen, als sie endlich Feierabend machten.

Doch anstatt aktuell die Insel nach Brünjes abzusuchen, warteten die Polizisten nun auf das Erscheinen des Staatsanwalts. Witte konnte immer noch nicht fassen, dass seine Kollegin den Juristen für ihren Plan hatte begeistern können. Dabei musste der Kommissar zugeben, dass ihre Überlegungen völlig plausibel waren. Doch wenn sie sich irrte, würde sie einen fürchterlichen Ärger bekommen und sehr enttäuscht sein. Das wollte er ihr gern ersparen.

Ich weiß bloß nicht, wie wir aus der Nummer wieder rauskommen sollen, dachte er. Antje schien zu ahnen, was in ihm vorging. Sie klopfte ihm auf die Schulter und lächelte ihn an.

»Du siehst aus, als ob du dich auf eine Wurzelbehandlung beim Zahnarzt vorbereitest. Ich bin sicher, dass wir Erfolg haben werden. Und dadurch bringen wir Frau Molden in Zugzwang. Sie wird zugeben müssen, dass sie von Marieke erpresst wurde.«

»Ja, das wäre gut. Ich kann bloß immer noch nicht glauben, dass du den Durchsuchungsbeschluss so schnell bekommen konntest.«

»Ich habe eben einen guten Draht zum Staatsanwalt«, behauptete seine Kollegin.

Und warum ist das so?

Diese Frage konnte Witte sich gerade noch verkneifen. Schließlich wollte er nicht genauso eifersüchtig erscheinen wie Antje, als es um sein - nicht vorhandenes - Verhältnis zu Marieke gegangen war. Trotzdem zerbrach der Kommissar sich jetzt den Kopf darüber, ob Antje und der Staatsanwalt eine gemeinsame Vorgeschichte hatten. Oder war Witte der Einzige, dem Antjes Vorstoß außergewöhnlich vorkam? Sah er den Wald vor lauter Bäumen nicht?

Die Fähre war einigermaßen pünktlich. Langsam schob sich der große helle Schiffsrumpf in die Hafeneinfahrt von Juist. Die Ermittler erhoben sich von der Ruhebank mit Blick auf die Nordsee und gingen in das Terminal, wo sie vor den Drehkreuzen warteten.

»Kennst du den Staatsanwalt persönlich?«

Eigentlich hatte Witte seine Neugier weiterhin unterdrücken wollen, doch nun war ihm dieser Satz doch über die Lippen gekommen.

»Ja, wir ... da ist er ja schon!«

Antje winkte in Richtung der Menschenmenge, die sich mehr oder weniger diszipliniert auf den Eingang zu ihrem »Töwerland« zubewegte. Zwischen den anderen Reisenden in ihrer Freizeitkleidung stach der dunkelhaarige Anzugträger mit seiner Aktentasche sofort hervor. Er nickte der Kommissarin zu und lächelte. Sein Gesicht wurde von einer dicken Hornbrille geprägt, die ihn besonders streng erscheinen ließ. Nach Wittes Meinung war das Absicht, denn angesichts der heutigen Kontaktlinsen-Technik musste niemand mehr mit einem solchen Brillenmonster herumlaufen.

Wahrscheinlich will er mit dem Gestell Verdächtige einschüchtern, dachte der Kommissar. Der Staatsanwalt legte seine Töwercard unter den Scanner und konnte daraufhin das Drehkreuz passieren. Sein Lächeln wurde noch breiter, als Antje auf ihn zukam. Ob er sie umarmen wollte? Nein, darauf verzichtete er. Doch der Jurist hielt ihre Hand bei der Begrüßung für Wittes Geschmack einen Moment zu lang.

»Das ist Dr. Ulf Kremer«, sagte die Kommissarin. »Herr Dr. Kremer, ich möchte Ihnen meinen Kollegen Kommissar Roland Witte vorstellen.«

Der Polizist zwang sich zu einem Lächeln und verpasste dem Staatsanwalt einen kräftigen Händedruck. Dr. Kremer lächelte, als ob er in eine saure Zitrone gebissen hätte. Dann wandte er sich schnell wieder von Witte ab. Es kam dem Ermittler so vor, als ob er sich ohnehin nur für Antje interessierte.

Was für ein Schleimer!

In Wittes Augen war Dr. Kremer ein erbarmungsloser Karrierist. Nur so konnte man erklären, dass er es in der Gerichtsbarkeit schon so weit gebracht hatte. Nach Einschätzung des Kommissars konnte der Jurist nicht älter als Vierzig sein. Damit war er fast zehn Jahre älter als Antje, doch Frauen fanden ja angeblich etwas reifere Partner besonders anziehend. Ganz zu schweigen von der Tatsache, dass ein Staatsanwalt gesellschaftlich angesehener war als beispielsweise ein Polizist.

Stopp! Du musst sofort deine Eifersucht in den Griff kriegen, Roland! Auch wenn du diesen Schlipsträger nicht magst, so steht ihr trotzdem beide auf derselben Seite!

Mit diesen Worten meldete sich sein eigenes Gewissen bei ihm. Witte hoffte, dass er sich zusammenreißen konnte. Wenn durch seine Schuld Antjes Plan scheiterte, würde sie ihm das niemals verzeihen.

»Ich musste mich ganz schön weit aus dem Fenster lehnen, damit der Ermittlungsrichter Ihr Gesuch billigte, Frau Fedder«, sagte der Staatsanwalt zu ihr. »Deshalb bin ich auch höchstpersönlich auf Juist erschienen, um die Maßnahme zu überwachen. Ich muss wohl nicht betonen, dass ein Irrtum Ihrerseits die gesamte kriminalistische Untersuchung in ein schlechtes Licht rücken würde.«

»Dann betonen Sie es nicht«, murmelte der Kommissar.

Dr. Kremer hob die Augenbrauen.

»Wie war das, bitte?«

»Nichts, ich habe nur laut gedacht.«

»Soso.«

Der Jurist lächelte süffisant - so, als ob er einem uniformierten Polizisten kein eigenständiges Denken zutrauen würde. Antje warf ihrem Kollegen einen gereizten Blick zu.

Das fängt ja gut an, dachte Witte. Jetzt musste er wirklich den Ball flach halten. Dr. Kremer war für ihn ein Störenfried, daran ließ sich nichts ändern. Der Kommissar hatte sich daran gewöhnt, mit Antje allein zu sein. Er empfand den Staatsanwalt als ein fünftes Rad am Wagen.

Nachdem sie den Koffer des Staatsanwalts zu dessen Hotel gebracht hatten, gingen sie zu Fuß zu Ella Moldens Villa hinüber. Eine Fahrt mit dem Rad kam nicht in Frage, weil sie nur zwei Diensträder hatten. Sollten sie den Juristen vielleicht auf dem Gepäckträger mitnehmen? Und eine Kutsche zu mieten, wäre ebenfalls abwegig gewesen. Dafür war die Strecke von dem Hotel bis zum Beginn der Billstraße einfach nicht weit genug.

Während des kurzen Fußmarschs fasste Antje die bisherigen Ermittlungsergebnisse für Dr. Kremer noch einmal zusammen. Der Staatsanwalt nickte beifällig.

»Falls die heutige polizeiliche Maßnahme von Erfolg gekrönt ist, wird sich das auf Ihre Laufbahn gewiss positiv auswirken, Frau Fedder. Ich nehme nicht an, dass Sie auf Dauer hier als Inselpolizistin versauern wollen?«

»Doch, das will ich«, gab Antje kühl zurück. »Ich bin nämlich gebürtige Juisterin. Und ich bin der Meinung, dass es unangenehmere Einsatzorte gibt als eine Insel ohne Autoverkehr und mit einer sehr niedrigen Kriminalitätsrate.«

Da bist du ja schön ins Fettnäpfchen gelatscht, sagte Witte voller Schadenfreude innerlich zu seinem Rivalen. Antje liebte ihre Heimat heiß und innig. Wer sich abfällig über Juist äußerte, hatte sich bei ihr schon mal einen dicken Minuspunkt geholt.

Der Staatsanwalt hielt nach diesem Schnitzer einstweilen den Mund. Doch als sie ihr Ziel erreicht hatten, lief er wieder zur Höchstform auf. Dr. Kremer klingelte und warf sich in die schmale Brust, während die Hausherrin die Tür öffnete und ihn misstrauisch anschaute.

»Mein Name ist Dr. Kremer, ich bin der zuständige Staatsanwalt. Es gibt neue Erkenntnisse im Mordfall Ernst Tönning. Daher habe ich einen Durchsuchungsbefehl für Ihr Haus und Ihren Garten erwirkt.«

Witte und Antje hatten sich wie Bodyguards links und rechts von dem Juristen postiert. Die mitgebrachten

Klappspaten in ihren Händen waren nicht zu übersehen. Ella Molden zwinkerte nervös, dieser Anblick schien ihr gar nicht zu gefallen.

»Wovon reden Sie überhaupt? Wer soll dieser Ernst Tönning sein? Den Namen habe ich noch niemals gehört.«

»Ernst Tönning hieß der Erste Offizier der *Leopoldina*, der 1926 vermutlich von Kapitän Reinhold Schurrer ermordet wurde. Sie dürften wissen, um wen es sich dabei handelt.«

Mit diesen Worten schaltete Antje sich ein. Frau Molden wandte sich nun ihr zu.

»Nein, das weiß ich nicht, zum Kuckuck! Dürfen Sie das überhaupt?«

»Lassen Sie das meine Sorge sein«, sagte der Staatsanwalt. »Fangen Sie an!«

Witte war nicht begeistert davon, sich von Dr. Kremer herumkommandieren zu lassen. Doch letztlich war diese Situation nur aufgrund von Antjes Idee entstanden. Er hoffte sehr stark, dass seine Kollegin sich nicht geirrt hatte. Also krempelten er und Antje die Ärmel hoch und begannen mit dem Graben. Zum Glück war der Garten der Villa nicht allzu groß. Das war allerdings auch das einzig Positive, das der Kommissar dieser Situation abgewinnen konnte. Er drückte sich normalerweise nicht vor Arbeit, doch diese Schufterei gehörte nicht zu seinen üblichen polizeilichen Pflichten.

Dabei war Antjes Gedankengang völlig logisch: Wenn Schurrer Juist niemals verlassen und sich in der Villa verborgen hatte, musste er irgendwann dort auch verstorben sein. Dass er nach fast hundert Jahren noch lebte, war jedenfalls höchst unwahrscheinlich - zumal er zum Zeitpunkt seines Verschwindens schätzungsweise schon über fünfzig gewesen war. Die Familie konnte ihm kein offizielles Begräbnis ermöglichen, die Gefahr der Entdeckung wäre zu groß gewesen. Also würde man ihn heimlich im Garten bestattet haben.

Soweit die Theorie, dachte Witte. *Aber wenn man sie mit Muskelkraft in die Praxis umsetzen muss, sieht die Sache schon anders aus.*

Er schaute zu seiner Kollegin hinüber. Antje schwitzte genauso wie er selbst, hielt sich aber wacker. Sie hatten schon einiges an Erdreich bewegt. Witte fragte sich, wie lange sie wohl würden buddeln müssen. Und - was geschah, wenn die Überlegung falsch war? Wenn die Angehörigen damals den Verstorbenen beispielsweise auf hoher See versenkt hätten, würde man seine Gebeine vermutlich niemals finden. Darüber wollte der Kommissar jetzt lieber nicht nachdenken.

Ella Molden bekam allmählich wieder Oberwasser. Sie hatte sich gegen die Hauswand gelehnt, verschränkte die Arme vor der Brust und kommentierte die Arbeit der Polizisten mit hämischen Bemerkungen.

»Ich hätte niemals gedacht, dass unsere Freunde und Helfer ihre Zeit mit solch einem sinnlosen Unfug vergeuden. Und das alles auf Kosten der Steuerzahler! Wir können wirklich froh sein, dass auf Juist so wenige Verbrechen geschehen. Sonst müsste ich mir noch ernsthaft Sorgen um meine Sicherheit machen. - Haben Sie etwas dagegen, wenn ich meine Freundin, die Bürgermeisterin, anrufe? Sie wird sich gewiss brennend dafür interessieren, was für eine Schmierenkomödie hier aufgeführt wird.«

Die Villenbesitzerin richtete ihre Frage an Dr. Kremer, dessen Miene wie versteinert wirkte. Je länger die erfolglose Grabung dauerte, desto gereizter wurde seine Stimmung.

»Tun Sie doch, was Sie wollen!«, knurrte der Jurist.

»Mit dem größten Vergnügen«, erwiderte Frau Molden. Dann holte sie offenbar die Nummer der Bürgermeisterin aus dem Kurzwahlspeicher ihres Handys.

»Silke, könntest du bitte sofort bei mir zu Hause vorbeikommen? Hier bietet sich dir ein Schauspiel, das du dir garantiert nicht entgehen lassen willst.«

Der Kommissar seufzte innerlich und verstärkte seine Bemühungen, im Erdreich auf alte Knochen zu stoßen. Silke Meester war eigentlich eine gute Bürgermeisterin. Leider neigte sie zum Übereifer und schoss dadurch oft über das Ziel hinaus. Sie war stets darauf bedacht, keine Fehler zu machen und Schaden von Juist abzuwenden. Leider erreichte sie mit ihrer aufgeregten Art oft das Gegenteil.

Witte konnte sich lebhaft vorstellen, dass die Bürgermeisterin Ella Moldens rätselhaften Anruf äußerst ernst nahm. Er hatte sich nicht getäuscht, denn schon ungefähr zehn Minuten später kam Silke Meester im Eiltempo herangeradelt. Allerdings war es vom Rathaus bis zum Anfang der Billstraße nicht allzu weit. Sie sprang von ihrem Drahtesel und ließ das Gefährt achtlos neben dem Grundstück liegen.

Die Bürgermeisterin war blond und sehr schlank. Sie war Mitte Fünfzig und nach Meinung des Kommissars recht attraktiv. Heute trug sie ein Kostüm mit zweireihigem Blazer, das ein wenig an die Uniform eines Marineoffiziers erinnerte. Somit passte ihre Kleidung eigentlich sehr gut zum Anlass dieser Durchsuchung. Witte konnte daran trotzdem nichts Komisches finden.

»Was ist hier los?«, fragte Silke Meester mit einem leicht hysterischen Unterton in der Stimme. Wenn die Bürgermeisterin etwas entspannter gewesen, hätten ihre Umgebung und auch sie selbst es leichter gehabt.

Der Staatsanwalt trat auf sie zu, stellte sich vor und erklärte den Sinn der Durchsuchungsaktion. Silke Meester rollte ungeduldig mit den Augen.

»Ich habe von der Havarie dieses Frachters gehört. Aber das ist lange her, und nach meinem Wissen hat es damals eine Verurteilung gegeben. Ich verstehe nicht, weshalb Ihre Leute jetzt deshalb den Garten von Frau Molden zerstören müssen.«

»Es gibt einen Zusammenhang mit dem Mord an Marieke Halsema.« Mit diesen Worten mischte Antje sich ein. »Und der ist erst vor kurzem geschehen!«

»Überlassen Sie das Reden bitte mir, Frau Fedder«, sagte Dr. Kremer überheblich. Dann wandte er sich wieder an die Bürgermeisterin. »Wir tun hier nur unsere Arbeit, also behindern Sie bitte die Ermittlungen nicht.«

Wir? dachte Witte erbost. *Du schwingst nur Volksreden, während Antje und ich uns Blasen an den Händen einhandeln. Ich will ja gerne bis zum bitteren Ende graben, aber ...*

Er wollte diese Überlegung nicht zu Ende führen. Der Kommissar musste sich nämlich eingestehen, dass er nicht mehr recht an einen Erfolg glaubte. Es gab gewiss andere Möglichkeiten, wie die Familie sich der sterblichen Überreste von Kapitän Schurrer entledigt haben konnte. Wahrscheinlich verschwendeten sie hier wirklich nur ihre Zeit, während der Mörder von Marieke Halsema sich ins Fäustchen lachte und immer noch frei herumlief. Antje würde furchtbar enttäuscht sein. Witte wusste nicht, wie er sie trösten sollte. Und wenn Dr. Kremer diese Aufgabe übernahm? Die Vorstellung, dass seine Kollegin sich bei diesem Fatzke ausheulte, war für den Kommissar beinahe unerträglich.

Da riss ihn der laute Ruf einer wohlbekannten hellen Stimme aus seinen Grübeleien.

»Ich bin auf etwas gestoßen!«

Kapitel 13

Antje hatte verbissen vor sich hin gearbeitet. Dabei war ihr nicht entgangen, dass der Staatsanwalt immer wieder seinen Blick über ihre Figur gleiten ließ. Sie fühlte sich momentan nicht als ein Sexsymbol - dank der harten Arbeit in der Sonne klebte ihr die Uniformbluse am Rücken, der Schweiß lief ihr über Stirn und Wangen. Und weil die Kommissarin sich ab und an mit ihrer schmutzigen Rechten über das Gesicht fuhr, hatte sich der Dreck garantiert schon auf ihrem Antlitz verteilt. All das schien Dr. Kremer nicht zu stören.

Dabei wollte Antje gar nichts von ihm!

Gewiss, sie hatte sich mit ihrem Anliegen nicht ohne Hintergedanken an diesen Staatsanwalt gewandt. Ihr war bekannt, dass er heimlich für sie schwärmte. Schließlich hatte sie nicht von ihm verlangt, gegen Vorschriften zu verstoßen. Sie benötigte nur einen Durchsuchungsbeschluss aufgrund einer sehr vagen Vermutung. So etwas konnte nur funktionieren, wenn es zu einem positiven Ergebnis kam. Und bis vor wenigen Sekunden hatte es ganz und gar nicht danach ausgesehen.

Doch nun hatte sich das Blatt gewendet. Bei dem Gegenstand, auf den ihr Spaten gestoßen war, handelte es sich garantiert nicht um einen kleinen Stein oder eine Muschel. Antje legte das Werkzeug beiseite, kniete sich hin und grub mit bloßen Händen weiter. Sie presste die Lippen aufeinander, als sie immer mehr Erdreich von einem Totenkopf entfernte.

Nachdem sie gerufen hatte, waren Witte, Dr. Kremer, Ella Molden und Silke Meester bereits zu ihr geeilt. Die vier Personen zeigten beim Anblick des blanken Schädels höchst unterschiedliche Reaktionen. Antjes Kollege freute sich wie ein Schneekönig. Die Miene des Staatsanwalts zeigte zumindest eine gewisse Genugtuung. Die Bürgermeisterin wirkte verwirrt, und der Gesichtsausdruck der Villenbesitzerin spiegelte blankes Entsetzen wider. In diesem Moment war Antje endgültig davon überzeugt, dass Kapitän Schurrer im Garten verscharrt worden war. Und Ella Molden hatte es die ganze Zeit gewusst.

Doch sie versuchte immer noch, ihren Kopf aus der Schlinge zu ziehen.

»Dieser Kopf beweist überhaupt nichts! Womöglich liegt er schon seit Jahrhunderten dort - schon lange, bevor meine Familie dieses Grundstück erworben hat.«

Antje konnte sich ein triumphierendes Lächeln nicht verkneifen.

»Zum Glück lässt sich mit der modernen Kriminaltechnik genau bestimmen, wann eine Person ums Leben gekommen ist. Das Alter der sterblichen Überreste spielt dabei keine Rolle. Wir können durch einen DNA-Abgleich sogar beweisen, dass Sie mit diesem Mann verwandt sind.«

Die Kommissarin deutete auf den Totenschädel.

»Kann mich bitte jemand darüber aufklären, was hier eigentlich los ist?«, fragte die Bürgermeisterin mit erzwungener Ruhe. Dr. Kremer öffnete den Mund, aber Antje kam ihm zuvor.

»Wir vermuten, dass Frau Molden von ihrer Geschäftspartnerin Marieke Halsema erpresst wurde, weil sie die Wahrheit über den Ursprung des Molden-Vermögens herausfand. Die Familie erbte nämlich nicht von einem angeblichen Onkel aus Amerika, sondern gründete ihren Wohlstand auf gestohlenen Goldbarren, die sich an Bord der *Leopoldina* befanden. Der Erste Offizier Ernst Tönning wurde vermutlich Zeuge dieses Verbrechens und musste daher durch die Hand seines Kapitäns sterben.«

Es war auffallend, dass Ella Molden nun nicht mehr lautstark protestierte. Sie sank immer weiter in sich zusammen, während die Kommissarin sprach. Es kam Antje so vor, als sei sie innerhalb von Minuten um Jahre gealtert.

»Stimmt das, Ella?«, fragte Silke Meester entsetzt.

»Könnten wir das Gespräch bitte auf der Polizeiwache fortsetzen?«, murmelte die Angesprochene mit matter Stimme. Sie konnte ihrer Freundin, der Bürgermeisterin, nicht in die Augen sehen.

»Selbstverständlich werden wir das tun!«

Mit diesen Worten schaltete sich Dr. Kremer ein, wobei er sich zu seiner vollen Größe von ungefähr eins siebzig aufrichtete. Für Antje stand fest, dass er sich in den Vordergrund spielen und sie außerdem beeindrucken wollte. Doch das musste sie wohl in Kauf nehmen. Wenn er den Durchsuchungsbefehl nicht erwirkt hätte, wäre die Aktion im Garten der Villa niemals zustande gekommen.

Die Bürgermeisterin zog sich unter Hinweis auf »dringende Amtsgeschäfte« zurück. Vermutlich war es ihr einfach unangenehm, dass sie sich auf Ella Moldens Seite eingemischt hatte.

Die Gruppe ging zur Polizeistation hinüber. Die vollständige Exhumierung des Leichnams würde warten müssen. Jetzt kam es Antje vor allem darauf an, die ganze Geschichte zu erfahren.

In der Dienststelle überließ sie Dr. Kremer ihren Schreibtisch, was er mit einem huldvollen Nicken zur Kenntnis nahm. Die Kommissarin hatte sich damit abgefunden, dass Witte und sie nun mehr oder weniger zu Stichwortgebern degradiert waren. Der Staatsanwalt wollte offensichtlich die Chance nutzen, sich durch die Neubewertung des Mordfalls aus den Zwanzigerjahren einen Namen zu machen.

Damit konnte Antje leben. Sie wollte vor allem den Täter dingfest machen, der Marieke Halsema grausam erstickt hatte.

Sie kochte für alle Tee, während Dr. Kremer Ella Molden über ihre Rechte belehrte.

»Wollen Sie einen Anwalt hinzuziehen?«, fragte er. Die Angesprochene spielte nervös mit ihrem Armreif.

»Wird das denn nötig sein? Ich habe mir doch nichts zuschulden kommen lassen, also brauche ich auch keinen Verteidiger. Mein Urgroßvater wurde schon im Garten vergraben, bevor ich geboren wurde.«

»Um das Schicksal von Kapitän Schurrer geht es heute nur indirekt«, warf Antje ein. »Wir glauben, dass Sie für den Tod Ihrer Geschäftspartnerin verantwortlich sind. Wir werfen Ihnen also die Anstiftung zu einem Tötungsdelikt vor.«

Frau Molden rang nach Luft. Damit hatte sie offensichtlich nicht gerechnet.

»Aber ... das ist verrückt! Sie glauben, ich hätte einen Killer beauftragt, um Marieke zu beseitigen?«

Die Kommissarin öffnete erneut den Mund, aber der Staatsanwalt warf ihr einen warnenden Blick zu. Er wollte das Verhör offensichtlich selbst führen.

»Wir sollten mit dem Anfang beginnen«, sagte er. »Wie kam es dazu, dass Sie und Frau Halsema gemeinsam ein Unternehmen gründeten?«

»Ich bin mit Mariekes Mutter zusammen zur Schule gegangen, daher kannte ich das Mädchen flüchtig. Also war ich verblüfft, als Marieke mich eines Tages unangekündigt auf Juist besuchte. Verstehen Sie, ich hatte eigentlich nichts mit ihr zu schaffen.«

»Sie wollten doch bestimmt wissen, weshalb die junge Frau bei Ihnen erschienen war.«

»Allerdings, Herr Dr. Kremer. Wir tranken gemeinsam Tee. Marieke erzählte, dass sie für ihr Leben gern auf Flohmärkte gehe. Neulich sei sie in Hamburg gewesen und hätte dort für wenig Geld ein paar interessante antike

Gegenstände gekauft. Das interessierte mich überhaupt nicht, ehrlich gesagt. Ich wurde ungehalten und fragte, weshalb sie mir meine Zeit stehle. Da grinste sie frech und hielt mir das Foto von Kapitän Schurrer unter die Nase. Und sie sagte, dass es doch bemerkenswert sei, dass die Familienähnlichkeit sich über mehrere Generationen halten würde. Ich war ziemlich geschockt.«

»Wussten Sie, dass der Kapitän ein Vorfahr von Ihnen war?«

Ella Molden nickte.

»Ja, leider. Wenn es mir nicht bekannt gewesen wäre, hätte ich wahrscheinlich ganz anders reagiert. Doch als Kind habe ich mal ein Gespräch zwischen meiner Mutter und meiner Oma belauscht. Ich kannte also die ganze Wahrheit, inklusive des Mordes am Ersten Offizier und des Diebstahls der Goldbarren.«

»Wie viel von Ihrer Vergangenheit war denn Marieke Halsema bekannt?«, fragte der Staatsanwalt.

Frau Molden hob die Schultern.

»Einiges muss sie sich zusammengereimt haben. Die Havarie der *Leopoldina* ist ja jedem bekannt, der sich ein wenig für Juister Geschichte interessiert. Auch der Name des Kapitäns ist kein Geheimnis. Marieke wusste, dass ich von der Insel stamme. Ich war auf dem Festland im Internat, dort habe ich ihre Mutter kennengelernt. Später lebte ich in Hamburg und kam nur gelegentlich nach Juist in unsere Villa. Wie auch immer, sie war eine ausgezeichnete Beobachterin. Ich nehme an, dass die Sachen auf dem Flohmarkt aus dem Nachlass von Schurrers eigentlicher Familie stammen. Er war ja schon verheiratet, als er damals bei dem Schiffsunglück spurlos verschwand.«

»Also hat sich Marieke Halsema als Amateurdetektivin betätigt?«, fragte Antje dazwischen.

»Ja, so muss man das wohl nennen. Dass meine Familie früher arm war, muss sie auch herausgefunden haben. Die Goldbarren aus dem Geldschrank des Frachters wurden niemals gefunden. Also konnte sie sich denken, woher der Reichtum meiner Familie stammte.«

»Hat die junge Frau Sie erpresst?«, wollte Dr. Kremer wissen.

»Marieke ließ durchblicken, dass sie die Geschichte meiner Familie an die Öffentlichkeit zerren würde - falls ich sie nicht bei der Gründung ihres Seifenladens unterstützte. Sie wollte unbedingt dieses Geschäft auf Juist eröffnen. Und es kostete eine Stange Geld, das können Sie mir glauben. Immerhin befinden sich die Räumlichkeiten in bester Lage.«

Antje konnte sich nicht mehr zurückhalten.

»Sie sagten bei einem früheren Gespräch, dass Sie an der Strandbar nicht beteiligt waren. Haben Sie da die Wahrheit gesagt, Frau Molden?«

»Ja, diese Idee habe ich nicht unterstützt. Und ich kann Ihnen nicht sagen, aus welchem Grund Marieke dieses Projekt überhaupt angeschoben hat. Zwar verdiente sie mit *Juister Düfte* kaum Geld, doch das war ihr egal, weil sie jeden Monat von mir großzügig unterstützt wurde.«

Der Staatsanwalt räusperte sich.

»Diebstahl verjährt üblicherweise nach fünf Jahren. Da Kapitän Schurrer die Goldbarren aber in Tateinheit mit einem Mord an sich brachte, können diese Straftaten zusammen verfolgt werden. Offenbar ist in den Zwanzigerjahren ein Unschuldiger zum Tode verurteilt worden. Sie mussten also befürchten, dass Nachfahren Schadenersatzansprüche an Sie stellen, ganz zu schweigen von dem öffentlichen Skandal.«

Ella Molden nickte.

»Sie sagen es, Herr Dr. Kremer. Es war für mich in jedem Fall sicherer, Marieke bei Laune zu halten.«

»Und noch besser wäre es gewesen, wenn Sie das Foto des Kapitäns in Ihre Hände bekommen hätten«, warf Witte ein.

Antje ergänzte: »Marieke hatte das Bild unter einem Fußbodenbrett im Laden versteckt. Und sie hatte eine geladene Pistole unter der Verkaufstheke.«

»Glauben Sie, Marieke hätte sich die Waffe wegen mir zugelegt? Da irren Sie sich gewaltig. Von mir hatte sie nichts zu befürchten, sie hatte sich nämlich abgesichert.«

»Inwiefern?«, fragte Dr. Kremer, dem es offenbar nicht gefiel, in den Hintergrund gedrängt zu werden.

»Marieke behauptete, das Foto bei einem Anwalt deponiert zu haben. Wenn ihr etwas zustieße, würde er es veröffentlichen. Und ich habe ihr geglaubt. Sie konnte sehr überzeugend sein. Woher hätte ich wissen sollen, dass das Bild unter dem Fußboden versteckt war?«

Antje überlegte. Es konnte durchaus sein, dass Ella Molden die Wahrheit sagte. Solange sie die Aufnahme von Kapitän Schurrer nicht in Händen hatte, musste sie stets eine Entdeckung ihres Familiengeheimnisses fürchten.

Die Kommissarin versuchte, sich in Marieke hineinzuversetzen. Hätte sie wirklich die Pistole offen unter der Ladentheke liegen gelassen, wenn sie sich vor ihrer eigenen Geschäftspartnerin fürchtete? Das erschien Antje unwahrscheinlich. Ganz abgesehen davon, dass die junge Frau offenbar von einem Mann und nicht von einer Frau erstickt worden war.

Die näselnde Stimme des Juristen riss sie aus ihren Überlegungen.

»Sie sagen also aus, nicht an der Ermordung Ihrer Geschäftspartnerin beteiligt gewesen zu sein. Haben Sie denn einen Verdacht, wer die Tat begangen haben könnte?«

Ella Molden hob die Schultern.

»Mir fällt nach wie vor nur dieser unsympathische Tom Brünjes ein, der Marieke in ihrer Strandbar zur Hand gegangen ist. Fragen Sie doch mal Ihre Polizisten, weshalb sie ihn noch nicht verhaftet haben!«

»Woher wollen Sie das wissen?«, fauchte Antje, bevor der Staatsanwalt reagieren konnte. Frau Molden wollte offenbar mit ihrer Bemerkung die Juister Beamten in ein schlechtes Licht rücken.

»Weil ... äh ... weil ...«

Frau Moldens Gesicht wurde nun von einer leichten Röte überzogen.

»Ich habe Brünjes zufällig am Kurplatz gesehen, heute Vormittag.«

»Also waren Sie dort? Von wann bis wann? Sollen wir Ihre Nachbarn befragen, ob Sie womöglich zu der Zeit auf Ihrem Grundstück gesehen wurden?«, hakte Antjes Kollege nach.

»*Ich* führe dieses Verhör!«, schnarrte Dr. Kremer. Die Kommissarin schaute ihn stirnrunzelnd an. Ihrer Meinung nach war es völlig unnötig gewesen, Witte so anzuraunzen. Ihr war bewusst, dass der Jurist sich wichtigmachen und sie beeindrucken wollte. Daran ließ sich leider nichts ändern. Zum Glück würde er spätestens am nächsten Tag die Insel wieder verlassen. Für die Polizistin war entscheidend, dass Frau Molden etwas zu verbergen hatte. Antje führte sich vor Augen, dass Brünjes sie als »Schreckschraube« und »Giftspritze« bezeichnet hatte. Dafür musste es einen Grund geben, der vielleicht über bloße Abneigung hinausging.

Antje trat einen Schritt zur Seite, um ihrem Kollegen hinter Dr. Kremers Rücken zuzuzwinkern und den Daumen nach oben zu recken. Der Kommissar verstand die Geste und quittierte sie mit einem breiten Grinsen.

»Wie gesagt, ich habe Brünjes tagsüber auf der Straße gesehen«, behauptete Frau Molden trotzig. Der Staatsanwalt wandte sich nun an die Kommissarin.

»Warum wurde dieser Verdächtige noch nicht festgesetzt, Frau Fedder?«

»Er hat einen festen Wohnsitz, außerdem ließ sich der Mordverdacht gegen ihn bisher nicht erhärten. Wir werfen ihm allerdings Widerstand gegen Vollstreckungsbeamte vor. Aber die Anzeige wurde bereits an die Staatsanwaltschaft weitergeleitet.«

Dr. Kremer nickte huldvoll, bevor er sich wieder mit Ella Molden befasste.

»Das wäre für den Moment alles. Wir werden die Gebeine aus Ihrem Garten kriminaltechnisch untersuchen, um Ihre Verwandtschaft mit dem Toten eindeutig zu beweisen. Sind Sie bereit, uns eine DNA-Probe zu liefern?«

»Ich habe doch schon eingeräumt, dass es sich um das Skelett von Kapitän Schurrer handelt.«

»Ja, das ist allerdings nur Hörensagen«, erklärte der Staatsanwalt oberlehrerhaft. »Die Wissenschaft hingegen irrt sich nicht.«

Ella Molden erklärte sich einverstanden, und Witte musste mit einem Wattestäbchen etwas Speichel aus ihrer Mundhöhle streichen. Anschließend schlich sie aus der Polizeistation wie eine geprügelte Hündin.

Der Staatsanwalt erhob sich von seinem Stuhl.

»Unter uns gesagt hielt ich Ihre Überlegung für ziemlich gewagt, Frau Fedder. Wir hätten uns arg in die Nesseln gesetzt, wenn Sie die Leiche nicht gefunden hätten. Doch ich bin froh, dass wir diesen Justizirrtum aus dem vorigen Jahrhundert nun aus der Welt schaffen können. Ich habe mir die Akten von damals beschafft und werde sie gleich in meinem Hotel eingehend studieren. Was halten Sie davon, wenn Sie und ich das Ergebnis heute Abend bei einem Drink besprechen?«

Du und ich - also ohne Roland? Das hast du dir ja fein ausgedacht, sagte die Kommissarin in Gedanken zu Dr. Kremer. Da sie schon damit gerechnet hatte, war sie um eine Antwort nicht verlegen.

»Es wäre mir ein Vergnügen. Ich schlage die *Juister Kajüte* vor, das ist ein sehr schönes Lokal. Ist Ihnen zwanzig Uhr recht?«

Der Staatsanwalt strahlte.

»Ja, selbstverständlich. Bis später dann.«

Er schnappte sich seine Aktentasche und verließ die Diensträume. Die Kommissarin lachte, als sie ihren Kollegen anschaute.

»Was ist so komisch, Antje?«

»Du bist eifersüchtig!«

»Das ist Unfug«, behauptete Witte. »Ich finde es bloß nicht gut, dass Dr. Wichtig diese Ermittlung ausnutzt, um sein Privatleben zu bereichern.«

Antje beugte sich vor und kniff ihn spielerisch in die Wange.

»Glaubst du etwa, ich wäre scharf auf einen Mann, der einen Stock verschluckt zu haben scheint? Das Einzige, was ich von ihm wollte, war der Durchsuchungsbefehl. Und den haben wir ja bekommen. Übrigens wird der heutige Abend für meinen neuen Verehrer garantiert nicht so, wie er sich das vorgestellt hat.«

Nun musste auch der Kommissar lächeln.

»Ah, ich kapiere! Du willst ihn absichtlich in der Kneipe deines Vaters treffen.«

»Du hast es erfasst, Roland. Und mein Papa geht garantiert dazwischen, wenn Dr. Kremer mich anbaggern will. Der alte Seebär wird ihn eher kielholen, als ihm eine Frechheit erlauben.«

Antje deutete auf den Tatortkoffer.

»Von Frau Molden haben wir nun einen genetischen Fingerabdruck, obwohl wir ihn für die Mordermittlung Marieke Halsema gar nicht benötigen. Die DNA-Probe von Tillner muss warten, bis wir einen Gerichtsbeschluss haben.

Lass uns versuchen, ob wir jetzt bei Brünjes Erfolg haben. Der Typ spielt mit falschen Karten, das spüre ich.«

»Es könnte wirklich sein, dass er vorige Nacht bei Frau Molden einsteigen wollte«, meinte Witte. »Den Grund habe ich allerdings noch nicht verstanden. Gewiss, sie hat Vermögen. Aber in der Hinsicht befindet sie sich auf Juist in guter Gesellschaft.«

»Ja, es herrscht kein Mangel an Zweitwohnsitzen wohlhabender Festlandbewohner«, stellte Antje fest. »Es kann wirklich kein Zufall sein, dass Brünjes ausgerechnet bei Mariekes Geschäftspartnerin einsteigen wollte - vorausgesetzt, er war es wirklich.«

»Gut, dann knöpfen wir ihn uns vor«, meinte Witte.

Kapitel 14

Der Kommissar war erleichtert darüber, dass sein Widersacher einstweilen von der Bildfläche verschwunden war. Noch besser fand er Antjes offensichtliches Desinteresse an ihrem neuen Verehrer. Oder spielte sie ihm etwas vor? Nein, dafür war seine Kollegin nicht der Typ. Antje verabscheute Intrigen und Psychospielchen aller Art. Solche Dinge widersprachen der gradlinigen Inselfriesen-Mentalität.

Die Ermittler schwangen sich auf ihre Fahrräder und versuchten ihr Glück zunächst wieder bei der Strandbar.

»Das Lokal müsste doch jetzt eigentlich Mariekes Eltern gehören«, sagte Antje auf dem Weg dorthin. »Von einem anderen Besitzer ist mir nichts bekannt. Frau Molden hat ja oft und gern betont, dass sie von der Bar nichts wissen will.«

»Mir geht immer noch nicht aus dem Kopf, wie brutal Marieke ihren Liebhaber mit dem Messer angegriffen hat. Sie war also durchaus dazu in der Lage, sich ihrer Haut zu wehren.«

»Vorausgesetzt, dass Tillners Darstellung stimmt. Worauf willst du hinaus, Roland?«

»Ich kann nicht glauben, dass Marieke sich fast widerstandslos ersticken ließ. Jedenfalls nicht von einem Fremden. Sie muss ihren Mörder so nahe an sich herangelassen haben, dass sie sich im entscheidenden Moment nicht wehren konnte. Dann hat der Mistkerl sie zu Boden gebracht, den Schal gegriffen und ihr Leben beendet.«

»Ein Unbekannter kommt als Täter für dich also nicht in Frage? Gehst du denn von einer Beziehungstat aus?«

»Ich weiß nicht, Antje. Es wäre auch eine andere Variante möglich. Frau Molden könnte einen Mann angeheuert haben, der das Bild klauen sollte. Beispielsweise unseren

Freund Brünjes. Von ihm wusste sie, dass er mal etwas mit Marieke hatte. Sie konnte also davon ausgehen, dass sie ihm vertraute.«

»Ella Molden hat uns doch erklärt, dass Marieke für den Fall ihres Todes Vorkehrungen getroffen hätte.«

»Ja, das hat sie behauptet. Aber vielleicht wusste sie doch, dass Marieke das Bild irgendwo versteckt hatte. Ich gehe davon aus, dass der Mord eine spontane und nicht geplante Tat war. Brünjes könnte beispielsweise von Marieke dabei erwischt worden sein, wie er in ihren Sachen schnüffelt. Es kommt zum Streit, er erstickt sie im Affekt.«

»Das wäre plausibel. Aber warum ist Brünjes dann so schlecht auf Frau Molden zu sprechen?«

»Was weiß ich, vielleicht hat sie ihn übers Ohr gehauen.«

Witte fand den Mord an Marieke immer noch höchst rätselhaft. Dass die junge Frau ihren Seifenladen auf Kosten von Ella Molden geführt hatte, konnte inzwischen als Tatsache gelten. Aber hatte sie wirklich deshalb sterben müssen? Oder gab es einen Grund, den die Ermittler bisher nicht kannten?

Sie erreichten die Strandbar, und diesmal schien Brünjes anwesend zu sein. Die Tür stand jedenfalls sperrangelweit offen und leise Musik drang nach außen. Gäste konnte der Kommissar nirgendwo entdecken, vermutlich war es noch zu früh am Tag.

»Moin!«, rief Antje, während sie sich der Bude näherten. »Bist du hier, Tom?«

Eine Antwort blieb aus. Witte war auf der Hut, als er in den Bretterverschlag trat. Eine Alkoholwolke schlug dem Polizisten entgegen. Es dauerte einige Momente, bis sich seine Augen an das Halbdunkel gewöhnt hatten. Brünjes hockte auf dem Boden, eine glimmende Zigarette zwischen den Fingern. Neben ihm standen einige leere Flaschen.

»Der Kerl ist stinkbesoffen«, stellte Witte fest.

»Wir schaffen Tom nach draußen, die frische Luft wird ihm guttun«, schlug Antje vor. Die Beamten wuchteten den Betrunkenen hoch, legten seine Arme über ihre Schultern und schleiften ihn nach draußen. Sie waren ein eingespieltes Team, denn dass sie sich um eine Schnapsleiche kümmern mussten, geschah immer mal wieder.

Sie setzten Brünjes in einen der Liegestühle, die vor der Strandbar standen. Von dort aus hatte man einen Panoramablick auf den breiten Sandstrand und die Brandung der Nordsee dahinter. Doch Brünjes' Augen waren geschlossen. Er griff tastend nach Antjes Hand.

»Marieke ...«, lallte er.

»Ich bin nicht Marieke, sondern Antje. Und du solltest erst mal wieder nüchtern werden, Tom. Warum hast du nur so viel getrunken?«

Brünjes' Gesichtsmuskeln zuckten. Ob er die Frage verstanden hatte? Witte wollte in die Bude gehen und nach Mineralwasser Ausschau halten. Doch da öffnete Brünjes wieder den Mund.

»Ich hab sie geliebt.«

Witte und Antje schauten einander an. Bisher waren sie stillschweigend davon ausgegangen, dass sich zwischen dem Mordopfer und der Bar-Hilfskraft nur eine unverbindliche Bettgeschichte abgespielt hatte. Doch damit lagen sie offenbar gewaltig daneben. Oder sprach lediglich der Alkohol aus dem jungen Mann?

»Wir können nichts von dem verwenden, was er jetzt von sich gibt«, raunte Antje ihrem Kollegen zu. Das wusste Witte natürlich auch. Trotzdem wollte er sich anhören, was Brünjes zu sagen hatte. Vielleicht war es ja nicht nur eine Redensart, dass Kinder und Betrunkene stets die Wahrheit sprechen.

»Wolltest du bei Frau Molden einbrechen?«, fragte Antje mit sanfter Stimme. Ihr Tonfall hatte beinahe etwas Zärtliches an sich.

»Ja, ja, das war ich! Die alte Schrulle hat doch Marieke auf dem Gewissen. Aber ihr ... tut ihr nichts, weil sie reich ist. Doch wenn ich das Bild bei ihr gefunden hätte ...«

Witte horchte auf.

»Von welchem Bild sprichst du?«, hakte er nach. Der Kommissar duzte den Verdächtigen jetzt auch. Es wäre ihm seltsam erschienen, ihn in dieser Situation zu siezen.

»Das Bild, mit dem die Alte Marieke erpresst hat«, murmelte Brünjes. »Das Foto, auf dem Marieke und ihr Ex einen Kerl ausrauben.«

Der Kommissar traute seinen Ohren nicht. Also existierte ein zweites Foto? Oder redete der Betrunkene nur kompletten Unsinn? Antje wollte es genau wissen.

»Hat Marieke dir von dieser Aufnahme erzählt?«

Brünjes erwiderte nichts, sein Kopf sank auf die Brust. Der Seewind fuhr in sein wirres Haupthaar. Ob er eingeschlafen war? Witte ging nun doch in die Holzhütte, fand eine volle Flasche Mineralwasser und goss einen Plastikbecher mit der kalten Flüssigkeit voll. Als er zu Antje und Brünjes zurückkehrte, murmelte der Betrunkene unverständliches Zeug vor sich hin.

»Trink!«, forderte der Kommissar. »Und dann wiederholst du, was du uns gerade mitteilen wolltest. Aber diesmal etwas deutlicher, wenn es geht.«

Witte glaubte nicht, dass das Wasser Brünjes nennenswert ernüchtern konnte. Doch immerhin war seine Sprache bei einem neuerlichen Anlauf nicht mehr so verwaschen.

»Als Marieke Montagnacht zu mir kam, war sie völlig durcheinander. Sie trug nur ein Nachthemd, darauf konnte man Blutflecken sehen. Natürlich wollte ich wissen, was passiert war. Erst wollte sie nicht mit der Sprache heraus.

Doch dann beichtete sie mir, dass Frau Molden einen Typen auf sie angesetzt hatte. Er sollte Marieke umbringen, aber sie setzte sich zur Wehr. Die tapfere Kleine ...«

»Einen Mordversuch meldet man der Polizei«, sagte Witte.

»Das ging nicht, weil die Alte das Foto von dem Raub hatte. Kapiert ihr es nicht?«

Der Kommissar verstand nur eins: Marieke hatte Brünjes eine Lügengeschichte aufgetischt, um die Blutflecken auf ihrem Nachthemd zu erklären. Also hatte sie die Wahrheit zu ihren Gunsten verdreht. So erklärte sich auch Brünjes' Abneigung gegen die stille Teilhaberin seiner Chefin.

»Wann hat Marieke dir erzählt, dass sie von Frau Molden erpresst wird?«, fragte Antje.

»Am Montagabend, habe ich doch schon gesagt. Ich wollte ihr wirklich helfen, versteht ihr? Deshalb dachte ich mir, dass ich bei der Alten einsteige und mir das Bild schnappe. Dann hätte sie kein Druckmittel mehr gehabt. Aber es ergab sich keine Gelegenheit. Und jetzt, wo Marieke tot war, wollte ich es unbedingt noch holen, damit die Hexe nicht noch ihr Andenken beschmutzt.«

»Angenommen, diese Story stimmt – aus welchem Grund hätte Frau Molden Marieke überhaupt einen Killer auf den Hals hetzen sollen?«, wollte Witte wissen.

»Darüber habe ich nicht nachgedacht«, gab Brünjes zu. Seine Gefühle für Marieke hatten ihm offenbar das Gehirn vernebelt. Doch warum hatte Marieke ihm überhaupt diese Lügengeschichte aufgetischt? Wahrscheinlich, weil sie die Wahrheit mit keinem Außenstehenden teilen wollte. Und Brünjes hatte ihr offenbar jedes Wort geglaubt.

»Dir ist aber schon klar, dass der Seifenladen von Frau Molden finanziert wurde?«, gab Antje zu bedenken.

»Na und? Sie hat Marieke wie eine Sklavin für sich schuften lassen«, erwiderte Brünjes heftig. »Und trotzdem hat Marieke sich wegen der Strandbar in Schulden gestürzt.

Sie hat das alles nur für mich getan. Ich sollte durch die Strandbar ein gutes Auskommen kriegen, damit ich nicht immer irgendwelche Aushilfsjobs annehmen muss.«

»Laut Frau Molden hat Marieke dich rausgeschmissen, weil du sie belästigt hast«, erklärte Antje. Brünjes riss seine blutunterlaufenen Augen auf.

»Das hat die alte Schabracke behauptet? Die lügt doch, wenn sie den Mund aufmacht. Warum hat Marieke mich denn nicht bei euch angezeigt, wenn ich so ein Sexstrolch bin?«

Nicht das Mineralwasser, sondern die aufsteigende Wut schien den Betrunkenen nüchterner zu machen. Witte musste ihm innerlich recht geben. Weshalb hatte Marieke sich nicht an die Polizei gewandt, falls es wirklich zu einem Vorfall mit Brünjes gekommen war? Und wenn sie sich wirklich vor ihm fürchtete - weshalb bewahrte sie die Pistole in den *Juister Düften* auf? Dort nützte die Waffe ihr nichts, falls Brünjes in der Strandbar zudringlich wurde. Nein, das passte nach Wittes Ansicht nicht zusammen. Die junge Frau hatte sich zweifellos gefürchtet, aber nicht vor diesem Mann.

»Also wart du und Marieke ein Paar?«, vergewisserte Antje sich.

»Ja, und Ella Molden schaute mich immer an, als ob ich einer von den Pferdeäpfeln wäre, die du auf den Juister Straßen findest. Als Marieke und ich am Montag zusammen was getrunken hatten, vertraute sie mir an, dass sie von Ella Molden unter Druck gesetzt wird. Ist das nicht der Knaller? Die Alte schwimmt im Geld, weil sie sich auf Mariekes Kosten einen lauen Lenz macht. Aber auf einen Kerl wie mich blickt sie herab. Was für eine Heuchlerin!«

»Wen könnte Frau Molden denn angeheuert haben, um deine Freundin zu beseitigen? «, fragte Antje.

»Das weiß ich nicht«, beteuerte Brünjes. »Aber ich kriege es heraus, das schwöre ich euch.«

»Du wirst gar nichts unternehmen, die Mörderjagd ist Aufgabe der Polizei!«, warnte der Kommissar. Allerdings war er nicht sicher, ob er mit seinen Worten zu der Schnapsdrossel durchdrang. Es war offensichtlich, dass Mariekes Tod Brünjes aus der Bahn geworfen hatte. Man musste kein Psychologe sein, um das zu erkennen.

Witte warf Antje hinter dem Rücken des Betrunkenen einen fragenden Blick zu, wobei er auf sein Pistolenholster deutete. Sie nickte fast unmerklich. Es war toll, wie sie sich auch ohne Worte verständigen konnten. Die Kommissarin beugte sich vor, bis ihre und Brünjes' Nase sich beinahe berührten.

»Du kannst uns helfen, indem du ehrlich bist. Hast du deiner Freundin eine Pistole besorgt?«

Brünjes atmete aus. Antje stand mitten in der »Einfallschneise« seiner Alkoholfahne, zuckte aber nicht einmal mit der Wimper.

»Ja, ich geb es zu. Marieke schob manchmal Panik. Sie hatte Alpträume, wachte dann schreiend auf. Die Bleispritze sollte ihr ein Gefühl der Sicherheit geben.«

»Das verstehe ich nicht«, gab Witte zu. »Ich kann mir vorstellen, dass es nach Geschäftsschluss der Strandbar viel unheimlicher für deine Freundin war. Da musste sie zwischen den Dünen den Heimweg antreten, und zu so später Stunde kann es hier sehr einsam sein. Es wäre sinnvoller gewesen, dann eine Waffe bei sich zu haben. Stattdessen lag die Pistole in dem Seifenladen.«

Ob der Betrunkene den Gedankengang nachvollziehen konnte? Es schien ganz so. Außerdem wirkte er immer nüchterner, je länger das Gespräch dauerte. Brünjes schüttelte den Kopf.

»Abends war ich ja bei ihr. Ich habe immer gut auf sie aufgepasst. Nee, in der Strandbar hat sie sich nicht bedroht gefühlt.«

»Ich frage mich, warum du bei unserem ersten Gespräch behauptet hast, dass Marieke sich nicht fürchten würde«, stellte Antje fest.

»Weil ich dachte, dass ihr mir wegen der Pistole eine Falle stellen wolltet. Ihr konntet euch doch denken, dass sie die Bleispritze von mir bekommen hat. So einer wie ich hat die entsprechenden Kontakte, jedenfalls eher als all die braven Bürger auf dieser Insel. Also habe ich mich dumm gestellt und so getan, als ob ich von ihrer Angst nichts wusste. Ich konnte ja nicht wissen, dass ihr die Pistole schon gefunden hattet.«

Das stimmt allerdings, dachte der Kommissar. Er fragte: »Und vor wem hat deine Freundin sich nun gefürchtet?«

»Vor Marco natürlich, ihrem Ex. Der Kerl ist doch gemeingefährlich. Ich finde es schlimm, dass er schon nach ein paar Jahren wieder auf die Menschheit losgelassen wird.«

Diese Worte klangen aus dem Mund eines Straftäters etwas seltsam. Doch es war offensichtlich, dass Brünjes sehr starke Gefühle für Marieke gehegt hatte. Der Kommissar nahm ihm ab, dass er die Frau beschützen wollte. Wahrscheinlich machte er sich Vorwürfe, weil er bei dieser Aufgabe versagt hatte. Oder log er, dass sich die Balken bogen?

Antjes Gedanken schienen in dieselbe Richtung zu gehen.

»Ich will dir glauben, Tom. Aber es kommt mir unwahrscheinlich vor, dass Marieke nur dir zuliebe diese Bar eröffnet hat.«

Brünjes ließ ein bitteres Lachen hören.

»Du kannst dir wahrscheinlich nicht vorstellen, dass ich ihr etwas wert war. Das ist trotzdem eine Tatsache. Wenn du mir nicht glaubst, dann geh doch zum Notar Wilmsen in Norden. Bei dem liegt ein Dokument, das mich als Geschäftsführer der Strandbar benennt. Und im Fall von Mariekes Tod soll ich den Betrieb erben.«

»Ihr habt euch scheinbar wirklich geliebt«, meinte die Kommissarin.

»Hat Marieke dir den Namen des Mannes genannt, der sie Montagnacht attackierte? Oder konnte sie ihn genauer beschreiben?«

Brünjes schüttelte den Kopf.

»Bist du bereit, uns eine DNA-Probe zu geben?«, wollte Antje wissen.

Brünjes blinzelte.

»Wozu soll das gut sein?«

»Der Gerichtsmediziner hat an der Leiche männliche DNA sichergestellt. Wir brauchen deinen genetischen Fingerabdruck zum Vergleich.«

»Ich habe euch ja schon gesagt, dass meine Kratzer vom Liebesspiel stammen. Also meinetwegen.«

Gehorsam öffnete Brünjes den Mund, als der Kommissar sich ihm mit einem Wattestäbchen näherte.

Kapitel 15

Antje hatte gemischte Gefühle, nachdem sie und Witte sich von Brünjes verabschiedet hatten. Es kam ihnen verantwortbar vor, ihn sich selbst zu überlassen. Nachdem er einen Liter Mineralwasser gekippt hatte, machte er wieder einen halbwegs nüchternen Eindruck. Außerdem versprach Brünjes, vorerst die Finger vom Alkohol zu lassen.

Die Ermittler radelten schweigend zur Polizeistation zurück. Jeder von ihnen hing seinen Gedanken nach. Als sie die Diensträume betraten, brach Witte das Schweigen.

»Unser Freund Tom hat mit seinem Hinweis auf den Notar ein Eigentor geschossen.«

Die Kommissarin hob die Augenbrauen.

»Du meinst, weil er dank der Erbschaft ein mögliches Mordmotiv geliefert hat? Würde er wirklich eine Frau umbringen, in die er offensichtlich bis über beide Ohren verliebt war?«

»Gerade deshalb halte ich ihn für verdächtig, Antje. Ich nehme Brünjes nämlich nicht ab, dass er nach Mariekes Messerangriff auf Tillner nichts unternommen hat. Für so friedfertig halte ich ihn nicht.«

»Tillner lebt aber noch, Brünjes hat ihm offenbar bisher kein Haar gekrümmt. Marieke hingegen ist tot. Womöglich hat Brünjes sie in einem Anfall von Eifersucht getötet, immerhin war sie mit Tillner im Bett. Wir sollten nicht darauf bauen, dass Brünjes uns die ganze Wahrheit gesagt hat. Und dass er zu spontanen Gewaltausbrüchen neigt, haben wir schließlich am eigenen Leib erfahren müssen. Außerdem ist sein Alibi für die Tatzeit ziemlich schwach. Es lässt sich nicht nachvollziehen, wann genau er das Notebook geklaut hat. Er kann seine Freundin erstickt haben und zuvor oder hinterher auf Diebestour gegangen sein.«

»Ich sage ja auch nicht, dass wir ihn von unserer Verdächtigenliste streichen sollten. Die ist allerdings bisher ziemlich kurz. Außer Tom Brünjes kommen eigentlich nur noch Lukas Tillner und dieser Ex-Freund Marco Hinrichs in Frage.«

»Sind wir uns einig darüber, dass das Sperma nur von Brünjes oder Tillner stammen kann?«, fragte der Kommissar. »Sie wird sich wohl kaum freiwillig mit ihrem Furcht einflößenden Ex-Freund eingelassen haben. Und für gewaltsamen Sex hat der Gerichtsmediziner keine Anzeichen gefunden.«

Antje runzelte die Stirn.

»Marieke hat Montagabend Tillner kennengelernt, hat ihn mit nach Hause genommen und stach dann auf ihn ein. Anschließend verließ sie fluchtartig ihre Wohnung und lief zu Brünjes.«

Witte nickte.

»Ja, genau. Da hat sie ihm dann die Kratzer beim Liebesspiel zugefügt. Oder am Dienstag, da war sie ja auch bei ihm, hat er gesagt. Das würde alles zeitlich passen. «

»Aber die Geschichte, die sie ihm erzählt hat, ist doch total unglaubwürdig. Hat er sich da gar nicht gewundert?«, fragte Antje seufzend.

»Du kennst die Männer nicht«, behauptete ihr Kollege. »Wenn sie die richtigen Knöpfe bei ihm gedrückt hat, wird er an nichts anderes mehr gedacht haben.«

Die Kommissarin konnte es nicht lassen - sie musste Witte jetzt einfach auf den Arm nehmen.

»Was soll ich denn veranstalten, damit ich heute Abend bei Dr. Kremer das gewünschte Ergebnis erziele?«

Sie musste ein breites Grinsen unterdrücken, als Wittes Gesicht bei ihrer Frage immer länger wurde.

»Ich weiß ja nicht, was du erreichen willst«, brachte er nach einer kurzen Gesprächspause hervor. Sie tat, als ob sie ihn nicht gehört hätte.

»Ich könnte ein kurzes Sommerkleid anziehen oder meine roten Leinenshorts. Ein bauchfreies Top wäre auch nicht schlecht. Oder sollte ich lieber einen Taucheranzug aus Neopren tragen? Was meinst du?«

»Ich meine, dass du dich über mich lustig machst.«

»Damit könntest du recht haben«, meinte Antje augenzwinkernd. Sie fand es eigentlich sehr schmeichelhaft, dass Roland wegen des aufgeblasenen Juristen eifersüchtig war. Das würde sie ihm natürlich nicht auf die Nase binden.

»Tillner wird mauern, bis wir ihm per Gerichtsbeschluss eine DNA-Probe abtrotzen können«, fuhr sie fort. »Wir sollten die Zeit nutzen und weiter nach Marco Hinrichs Ausschau halten. Ich schätze mal, dass er nicht unter seinem richtigen Namen nach Juist gereist ist.«

Die Ermittler druckten sich die erkennungsdienstlichen Fotos des Vorbestraften aus und begannen mit ihren Nachforschungen zunächst in der Tourist-Information am Fährhafen. Wer per Schiff auf die Insel kam, zahlte dort mit der »Töwercard« seinen Gästebeitrag. Außerdem konnte man sich an dieser Stelle eine Unterkunft besorgen, falls man noch keine hatte. Dort waren sie zwar schon am Donnerstag gewesen, doch diesmal war eine andere Mitarbeiterin an der Servicetheke tätig. Die junge Frau bekam große Augen, als Antje ihr die Bilder von Hinrichs vorlegte.

»Das sind doch Polizeifotos, oder? Ist dieser Mann ein Verbrecher?«

»Wir wollen nur mit ihm reden«, beschwichtigte die Kommissarin. »War er hier, Wiebke?«

Sie duzte die Mitarbeiterin, da die beiden sich seit Jahren kannten. Wiebke nickte eifrig.

»Ja, an den Gast kann ich mich erinnern. Er fragte mich nach einem günstigen Pensionszimmer. Und ich konnte ihm auch eines vermitteln.«

»Wo?«

»Im *Haus Sturmmöwe*.«

»Für welchen Zeitraum?«

Wiebke checkte ihren Computer, bevor sie antwortete.

»Er reiste Montag an und müsste die Insel am Mittwoch wieder verlassen haben. Jedenfalls hat er für diese Tage seinen Gästebeitrag bezahlt.«

Antje nickte. Wenn ein Juistbesucher die Kurtaxe nicht korrekt auf seine Töwercard buchen ließ, bekam er bei der Abreise Probleme. Dann ließ sich nämlich seine Fahrkarte nicht durch das Drehkreuz ziehen.

Ob der Mordverdächtige also gar nicht mehr auf der Insel war? Die Kommissarin stellte noch eine letzte Frage: »Unter welchem Namen hat er das Zimmer gebucht?«

»Marco Dreyer.«

»Vielen Dank, Wiebke.«

Die Ermittler verließen eilig den Fährterminal.

»Wo befindet sich diese Pension?«, wollte Witte wissen. Er kannte sich auf Juist noch nicht so gut aus.

»In der Dünenstraße. - Falls Hinrichs wirklich seine Ex-Freundin umgebracht hat, wird er wohl kaum noch auf unserer Insel sein. Ihn dürfte hier nichts mehr halten.«

Der Kommissar nickte. Die Ermittler traten kräftig in die Pedale. Die langgestreckte Dünenstraße führte in den Osten der Insel. Vom Haus *Sturmmöwe* aus war es nicht mehr weit bis zum Goldfischteich. Die Pension war in einem gemütlich aussehenden Backsteinhaus untergebracht. Es gab einen schmalen Garten mit einer altmodischen Ruhebank. Das Haus war alt, wurde aber offensichtlich liebevoll instandgehalten. Die Polizisten lehnten ihre Fahrräder gegen den Gartenzaun, und Antje betätigte den Türklopfer aus Bronze.

Es dauerte nicht lange, bis eine ältere Frau öffnete. Ihr graues Haar war kurz geschnitten, und sie trug über ihren Jeans und dem Sweatshirt eine weiße Schürze.

»Moin, Antje. Wir haben uns ja länger nicht gesehen. Gibt es Probleme?«

»Moin, Elke. Kennst du meinen Kollegen Roland Witte schon? - Wir sind wegen einem Gast gekommen.«

Mit diesen Worten hielt die Kommissarin der Pensionswirtin die Bilder von Hinrichs unter die Nase. Die schaute sie über ihre Halbbrille hinweg stirnrunzelnd an.

»Das ist Herr Dreyer. Warum gibt es denn Polizeifotos von ihm?«

Witte ließ die Frage zunächst unbeantwortet.

»Können Sie uns genauere Angaben zu diesem Mann machen?«

»Kommt doch erst mal rein und trinkt einen Tee mit mir«, sagte die Pensionswirtin. Sie hatte sich zuvor Witte als Elke Brodersen vorgestellt. Die Ermittler folgten ihr in die Küche. Wenig später stand eine Kanne Tee auf dem Tisch. Frau Brodersen blickte sich um, dann senkte sie ihre Stimme.

»Eigentlich wundere ich mich nicht darüber, dass die Polizei nach dem Gast fragt. Ich fand ihn etwas unheimlich.«

»Warum?«, wollte Antje wissen.

»Er war irgendwie - stumpf. Ich weiß nicht, wie ich das sonst nennen soll. Es gibt doch diese Gruselfilme mit Untoten ...«

»Zombies«, warf Witte ein. Die Pensionswirtin nickte.

»Ja, genau. So kam er mir vor. Du kennst mich, Antje. Ich komme normalerweise mit den Urlaubern immer schnell ins Gespräch. Viele meiner Gäste reisen jedes Jahr nach Juist, da kennt man sich mit der Zeit. Manche von ihnen schreiben mir sogar zum Geburtstag eine Glückwunschkarte. Aber dieser Mann brachte kaum ein Wort über die Lippen, starrte nur mit seinen kalten grauen Augen vor sich hin. Er schien sich auch nicht besonders für unsere Insel zu interessieren, obwohl er mich nach einer Juist-Karte fragte.«

»Meinst du so einen Faltplan, wie man ihn bei der Tourist-Information bekommt?«, fragte die Kommissarin.

»Ja, genau.«

»Könntest du uns sein Zimmer zeigen?«

Frau Brodersen zuckte mit den Schultern.

»Ja, sicher. Ich weiß bloß nicht, was ihr dort finden wollt. Ich habe natürlich sofort saubergemacht, nachdem er fort war.«

Die Kommissarin überlegte. Da Hinrichs offenbar schon wieder Richtung Festland abgereist war, verschwendeten sie hier womöglich nur ihre Zeit. Dennoch konnte es nichts schaden, sich gründlich umzuschauen. Antje hatte ja schon herausgefunden, dass Hinrichs regelmäßig Termine mit seinem Bewährungshelfer an seinem Wohnort hatte. Es sollte kein Problem sein, ihn auf die dortige Polizeidienststelle vorzuladen und von den Kollegen vernehmen zu lassen.

»Der Gast wollte also gern für sich bleiben?«, forschte Witte, während die Polizisten gemeinsam mit der Pensionswirtin ins erste Stockwerk hochstiegen.

»Ja, genau. Er hat ausgeschlafen und blieb dann den ganzen Tag fort, bis abends.«

»Also ging er spät aus dem Haus?«, fragte Antje.

Frau Brodersen nickte.

»So gegen elf Uhr. Er hatte keinen großen Appetit. Mehr als ein Brötchen und ein Kaffee waren nicht drin. Er schien mir sowieso kein Genussmensch zu sein.«

121

Wenn Hinrichs am Mittwoch wirklich erst um elf Uhr die Pension verlassen hatte, konnte er Marieke unmöglich getötet haben. Um diese Uhrzeit waren die Polizisten nämlich schon im Seifenladen gewesen. Diese Tatsache führte die Ermittlerin sich vor Augen, als sie das Zimmer betrat.

Dort gab es wirklich nicht viel zu sehen. Der Raum war gemütlich eingerichtet. Das Bett hatte die Wirtin offenbar wieder frisch bezogen, der Papierkorb war ausgeleert. Antje warf auch einen Blick ins Bad. Auch dort war geputzt worden. Sie schaute in den kleinen Mülleimer neben dem Waschbecken. Darin lag ein benutztes Papiertaschentuch. Sie drehte sich zu der Pensionswirtin um.

»Stammt dieser Abfall noch von Hinrichs, Elke?«

Die Angesprochene wirkte verlegen.

»Ja, ich muss ihn vergessen haben. Beim Putzen klingelte das Telefon, und später habe ich nicht mehr dran gedacht. Ich werde gleich ...«

»Stopp!«, rief die Kommissarin, als Elke Brodersen den Müll entsorgen wollte. »Gibst du mir bitte eine Tüte für Beweisstücke, Roland?«

»Mit dem größten Vergnügen«, erwiderte er. »Wer hätte gedacht, dass wir so schnell an Hinrichs' DNA kommen?«

Nach dem Abschied von der Pensionswirtin schaute Antje ihren Kollegen an.

»Weißt du, was ich glaube? Hinrichs ist nach Juist gekommen, um Marieke zu stalken. Womöglich hat er auf eine gute Gelegenheit gewartet, um mit ihr allein zu sein. Als er dann am Mittwoch zum Seifenladen gegangen ist, hat er uns durch die Fensterscheibe erblickt. Daraufhin wird er die Insel mit der nächsten Fähre verlassen haben. Abgesehen davon, dass er ohnehin nur bis Mittwoch gebucht hatte.«

»Also können wir ihn von unserer Liste streichen, falls der DNA-Abgleich nichts anderes ergibt«, stellte Witte fest.

Kapitel 16

Tjark Fedder war nicht begeistert, als seine Tochter an diesem Abend in Begleitung eines eingebildeten Schlipsträgers in der *Juister Kajüte* aufkreuzte. Doch als Antje ihm den Unbekannten als den Staatsanwalt Dr. Ulf Kremer vorstellte, war der Gastwirt schon wieder mit der Welt versöhnt.

Er hatte sich beim besten Willen nicht vorstellen können, dass sein einziges Kind Gefühle für so einen Fatzke entwickeln konnte. Dass sie beruflich mit ihm zu tun hatte, war natürlich etwas ganz anderes. Man konnte sich im Job seine Gesellschaft nicht aussuchen, das verstand der ehemalige Seemann. Als Tjark noch auf großer Fahrt gewesen war, musste er oft monatelang mit äußerst merkwürdigen Mannschaftskameraden zurechtkommen. Und das hatte auch funktioniert, ohne dass die Fäuste flogen.

Meistens jedenfalls.

Doch während Antje den Kneipenbesuch offenbar als einen offiziellen Termin betrachtete, machte sich dieser Dr. Kremer Hoffnungen auf Tjarks Tochter. Und Antjes genervte Blicke bewiesen dem alten Seebären, dass sie davon nicht gerade angetan war.

Tjark beschloss, ihm die Suppe gründlich zu versalzen. Nachdem Antje ihren Vater vorgestellt hatte, orderte Dr. Kremer einen Weißwein für sich und für seine Begleitung ein alkoholfreies Bier. Der Wirt brachte das Gewünschte, hatte aber außerdem noch eine Flasche Klaren und zwei Gläser dabei.

»Heute ist Ihr erster Tag auf Juist, Herr Dr. Kremer?«, vergewisserte er sich. »Darauf müssen wir anstoßen!«

»Nein, Danke. Ich ... bevorzuge es, keine Spirituosen zu trinken.«

Der Staatsanwalt rümpfte die Nase.

»Ich doch auch!« Tjark lachte gemütlich. »Aber das hier ist ehrlicher klarer Weizenkorn, ohne Schnick und ohne Schnack. Also, trinken wir auf Juist. Oder haben Sie etwas gegen die Heimatinsel meiner Tochter?«

Dr. Kremer blickte auf die muskulösen tätowierten Unterarme des Wirts, während dieser einschenkte.

»Na gut, aber nur ein Glas.«

»Das versteht sich von selbst!« Tjark lachte lauthals, während er selbst und der Jurist den Schnaps hinunterkippten. Dr. Kremer bekam einen Hustenanfall. Antje blinzelte ihrem Vater dankbar zu. Sie hatte offenbar überhaupt keine Lust auf traute Zweisamkeit mit diesem Schnösel.

»Papa konnte mir sehr viele Hintergrundinformationen über die Havarie der *Leopoldina* liefern«, erzählte Antje im Plauderton. »Er ist nämlich selbst lange Jahre zur See gefahren.«

»Wirklich?«, keuchte der Jurist. Seine Augen waren nach der Hustenattacke gerötet.

»Ja, indirekt haben wir meinem Vater unsere heutige Entdeckung zu verdanken«, erklärte Antje.

»Was für eine Entdeckung? Na, ich will nicht nachbohren. Eure Dienstgeheimnisse behaltet ihr besser für euch. - Darauf müssen wir noch einmal anstoßen.«

Diesmal leistete Dr. Kremer weniger Widerstand. Den zweiten Klaren konnte er schon besser wegstecken als den ersten. Er sprach bereits mit etwas schwerer Zunge, als er nun den Mund öffnete.

»Ja, ich ... habe einen Justizirrtum aufgedeckt, der bereits fast ein Jahrhundert zurückliegt.«

Antje lächelte ihn an.

»Das war wirklich eine große Leistung von Ihnen, Herr Dr. Kremer.«

»Nennen Sie mich doch Ulf, bitte. Wir haben doch jetzt Feierabend.«

»Und wenn man nicht mehr arbeiten muss, kann man sich auch einen Lütten gönnen!«, dröhnte Tjark dazwischen. Im Handumdrehen war das Glas des Staatsanwalts wieder gefüllt. Dr. Kremer trank und merkte gar nicht, dass der Wirt nicht mehr mithielt.

Nach dem vierten Glas versprach er hoch und heilig, sich um den Gerichtsbeschluss zur Herausgabe von Lukas Tillners DNA-Probe zu kümmern.

»Ich habe da so meine Verbindungen«, prahlte Dr. Kremer. »Es kostet mich nur ein Fingerschnipsen, dann halten Sie das Dokument in Händen ... da fällt mir ein ... wollen wir uns nicht lieber duzen? Wir haben doch so viele Gemeinsamkeiten ...«

Seine Worte waren an Antje gerichtet, doch an ihrer Stelle antwortete ihr Vater.

»Das ist eine tolle Idee!«, rief er begeistert. »Ich heiße Tjark, und wie heißt du?«

»Ulf«, stieß der Jurist hervor. Er fühlte sich offensichtlich immer unwohler in seiner Haut. Vor allem, als der Wirt sein Glas noch einmal mit Schnaps füllte.

Diesmal kippte sich auch der ehemalige Seemann einen hinter die Binde. Dr. Kremer blieb nichts anderes übrig, als es ihm nachzutun.

»Jetzt haben wir Brüderschaft getrunken!«, stellte Tjark fest und näherte sich seinem Gast mit geschürzten Lippen. Der stand so abrupt auf, dass sein Stuhl umfiel. Er war offensichtlich nicht scharf darauf, von Antjes Vater geküsst zu werden.

»Mir ist gerade eingefallen, dass ich noch ein wichtiges dienstliches Telefonat führen muss«, stammelte Dr. Kremer mit verwaschener Stimme. »Vielen Dank für den ... schönen Abend, Frau Fedder ... Herr Fedder.«

Der Staatsanwalt warf Geld für die Getränke auf den Tisch und verließ auf schwankenden Beinen fluchtartig die *Juister Kajüte*. Nun konnte Antje nicht mehr an sich halten. Sobald die Eingangstür sich hinter ihm geschlossen hatte, bekam sie einen Lachanfall.

»Das war Rettung in letzter Sekunde, Papa«, brachte sie keuchend hervor, als sie sich wieder halbwegs beruhigt hatte. Tjark grinste breit und legte seinen Arm um ihre Schultern.

»Ich hab mir schon gedacht, dass du meine Hilfe brauchst, als ich dich mit dem Lackaffen gesehen habe. Klar, du wolltest seine Unterstützung für deine Arbeit. Das hab ich mir schon gedacht, bin ja nicht von gestern. Aber der passt doch privat gar nicht zu dir.«

»In dem Punkt sind wir uns einig, Papa.«

Tjark versuchte, seine Tochter möglichst treuherzig anzuschauen.

»Roland ist so ein netter Kerl.«

Verlegen blickte sie zur Seite.

»Er und ich sind nur Kollegen. Dabei sollte es auch bleiben.«

»Besonders überzeugend klingst du aber nicht, mein Mädchen.«

Antje rollte mit den Augen.

»Warum willst du mich unbedingt verkuppeln, Papa?«

»Das tue ich doch gar nicht.«

»Und ob du das machst! Ständig willst du mir Roland als Lebenspartner schmackhaft machen.«

Tjark wurde stutzig. Hatte er es wirklich so übertrieben? Wenn ja, dann musste er sich bremsen. Sonst ging der

Schuss nach hinten los. Trotzdem war der alte Seebär überzeugt davon, dass aus seiner Tochter und dem dunkelhaarigen Polizisten früher oder später ein Liebespaar werden würde. Wie lautete doch eine alte Redensart?

Steter Tropfen höhlt den Stein.

Kapitel 17

Witte hatte schlechte Laune, als er am nächsten Morgen die Polizeistation betrat. Er hatte sich am Vorabend nach Kräften bemüht, nicht an Antje zu denken. Doch dieses Vorhaben musste er als gescheitert erklären. Gewiss, sie hatte sich von diesem Schlipsträger in die Kneipe ihres Vaters einladen lassen. Aber war das ausreichend gewesen, um seine Avancen abzuwehren? Und - wie stand sie überhaupt zu Dr. Kremer? Der Kommissar wurde aus seiner Kollegin oft nicht schlau.

Antje hatte gerade telefoniert, als er ihr gemeinsames Büro betrat. Sie legte den Hörer auf und strahlte Witte an.

»Moin«, begrüßte sie ihren Kollegen. Ihm lag die Frage auf der Zunge, mit wem sie soeben gesprochen hatte. Doch er beherrschte sich vorerst.

»Moin. Es wäre gut, wenn wir bald den Gerichtsbeschluss für Tillners DNA-Probe bekämen«, sagte er. Das war zwar eine Plattitüde, aber er wusste nicht, was er sonst von sich geben sollte.

Antje betrachtete ihre Fingernägel.

»Darum will Ulf sich kümmern, er macht richtig Dampf.«

»Ulf?«

»Ja, so heißt Dr. Kremer mit Vornamen.« Die Kommissarin grinste breit. »Er hat gestern Abend mit meinem Vater Brüderschaft getrunken. Leider wollte er Papa dann doch keinen Kuss geben.«

»Hast du gerade mit ihm telefoniert?«

»Mit meinem Vater?«

»Nein, mit U ... mit dem Staatsanwalt.«

»Warum fragst du? - Na, egal. Ja, Ulf war am Apparat. Er scheint sich noch nicht so gut zu fühlen. Jedenfalls will er darauf verzichten, von uns persönlich verabschiedet zu werden. Er reist heute aufs Festland zurück und hat mir hoch und heilig versprochen, sich um den Beschluss für Tillners DNA-Probe zu kümmern. Und zwar so schnell wie möglich. Übrigens ahne ich jetzt, warum Frau Molden Toms Einbruchversuch herunterspielen wollte. Denn dieses ominöse Foto von Marieke als Komplizin eines Raubes wird wohl kaum existieren.«

»Aber Tom glaubt, dass es dieses Bild gibt.«

»Ja, doch Frau Molden weiß überhaupt nichts davon«, stellte die Kommissarin klar. »Aber sie hatte einen anderen Grund, die Sache zu bagatellisieren. Sie wollte keine Polizeiermittlungen, denn möglicherweise hat sie im Haus Unterlagen aufbewahrt, mit denen man ihr Steuerhinterziehung im großen Stil nachweisen kann.«

»Steuerhinterziehung? Wie kommst du denn jetzt darauf?«

»Nicht ich, sondern Ulf. Er hat sich mit der zuständigen Finanzdirektion kurzgeschlossen, als er den Durchsuchungsbefehl für die Molden-Villa beantragte. Dabei erfuhr er, dass die Steuerfahnder schon seit einiger Zeit gegen Frau Molden ermitteln. Sie könnte demnächst eine böse Überraschung erleben, die allerdings gar nichts mit Mariekes Tod zu tun hat.«

»Geschieht ihr recht.« Der Kommissar konnte sich ein Grinsen nicht verkneifen, wurde aber schnell wieder ernst. »Aber ich weiß immer noch nicht, wie wir Tillner den Mord nachweisen sollen, Antje. Selbst wenn der Abgleich des genetischen Fingerabdrucks positiv ausfällt, beweist das noch gar nichts. Tillner hat ja eingeräumt, mit dem Opfer einen sehr engen Kontakt gehabt zu haben. Womöglich wollte er Marieke wirklich unter Druck setzen, indem er das Messer mitnahm. Doch wenn er clever ist, hat er es längst weggeworfen.«

Antje stand auf.

»Ich werde jedenfalls nicht alle Hoffnungen auf den DNA-Abgleich setzen. Lass uns zur Friesenstraße zurückkehren und nach Zeugen Ausschau halten, die am Mittwochmorgen etwas gesehen haben könnten. Und diesmal zeigen wir ihnen ein Foto unseres Hauptverdächtigen.«

Die Kommissarin hatte bereits die Homepage von Tillners Werbeagentur aufgerufen und von dort zwei Bilder heruntergeladen. Eins davon gab sie Witte.

Die Inselpolizisten machten sich auf den Weg. Erwartungsgemäß hatten sie es im Zentrum des Ortes mit vielen Urlaubern zu tun, die zum Teil gerade erst angereist waren. Witte und Antje ließen sich nicht entmutigen. Sie sprachen alle Passanten an und erklärten immer wieder geduldig, worum es ging.

Der Kommissar trat grüßend auf zwei ältere Frauen zu, von denen die eine mit Hilfe eines Rollators unterwegs war.

»Moin, meine Damen. Könnten Sie mir wohl bitte sagen, ob dieser Herr Ihnen während der letzten Tage aufgefallen ist?«

Witte hielt die Fotokopie mit Tillners Bild so, dass beide Frauen sie gut sehen konnten. Die Größere von ihnen rückte ihre Brille zurecht.

»Also, ist das nicht dieser Flegel, Hilde?«

Die Frau mit dem Gehwagen nickte heftig.

»Ja, er hätte mich beinahe umgelaufen. Der Mann hat nicht nach rechts und nicht nach links geschaut. Dabei sah er so gepflegt und ordentlich aus. Aber man kann den Menschen ja nicht in den Kopf schauen.«

Wittes Pulsschlag beschleunigte sich.

»Wissen Sie noch, wann und wo Ihnen die Person aufgefallen ist?«

»Selbstverständlich, Herr Wachtmeister«, gab Hilde zurück. »Mein Gedächtnis funktioniert noch sehr gut. Und meine Schwester war ja auch dabei. Hier in der Friesenstraße hat der Rüpel mich zur Seite gestoßen und sich noch nicht einmal entschuldigt. Es war am Mittwoch, gegen

Viertel nach neun Uhr morgens. Er kam aus dem Seifengeschäft dort drüben.«

Sie zeigte auf die *Juister Düfte*. Inzwischen hatte auch Antje mitbekommen, dass es neue Erkenntnisse gab.

»Ich wollte erst zur Polizei gehen«, sagte die andere Frau. »Aber meine Schwester war zum Glück nicht verletzt worden. Und wir wussten ja auch gar nicht, ob es auf der Insel eine Polizeiwache gibt. Wir wollten uns nicht den Urlaub verderben, indem wir uns über so einen rohen Gesellen ärgern. - Ist das ein Krimineller?«

Witte ließ die Frage unbeantwortet. Stattdessen bat er die Frauen um ihre Personalien und ihre Urlaubsadresse auf Juist.

»Wir werden Sie später noch einmal ansprechen, damit Sie Ihre Aussagen schriftlich zu Protokoll geben«, kündigte er mit seinem schönsten Lächeln an.

»Also konnten wir Ihnen von Nutzen sein?«, fragte Hilde.

»Ja, auf jeden Fall, meine Damen.«

Kapitel 18

Auf dem Weg zu Tillners Ferienwohnung sprachen die Polizisten weiter über den Fall.

»Wenn Tillner weiter leugnet, schwimmen uns die Felle weg«, meinte Witte. »Es ist ja schön, dass wir nun von seiner Anwesenheit am Tatort wissen. Doch er könnte immer noch behaupten, dass Marieke schon tot war, als er den Laden betrat. Er hätte Panik bekommen und wäre weggelaufen. Die eigentliche Tat werden wir ihm nicht nachweisen können.«

»Wir müssen unsere Karten nur richtig ausspielen, Roland.«

»Dann hoffst du also auf ein Geständnis?«

»Tillner soll auf jeden Fall kapieren, dass wir ihn durchschaut haben.«

Der Verdächtige sah überrascht aus, als er nach dem Klingeln öffnete.

»Was kann ich für Sie tun? Mein Anwalt und ich haben doch alles gesagt, was es zu sagen gab.«

Antje blickte ihm direkt in die Augen.

»Sie können Ihren Rechtsbeistand gern wieder hinzuziehen, Herr Tillner. An Ihrer Stelle würde ich das tun. Es gibt nämlich Zeugen dafür, dass Sie zur Tatzeit in dem Seifenladen waren.«

Diese Information schien Tillner nicht aus der Bahn zu werfen. Die Kommissarin führte sich vor Augen, dass er genug Zeit gehabt hatte, um alle möglichen Varianten durchzuspielen. Gewiss hatte er auch jetzt eine passende Antwort parat.

»Ich sage nichts, bevor ich nicht mit meinem Anwalt gesprochen habe.«

»Wie Sie meinen, Herr Tillner. Ach, und von Ihrer Leidenschaft fürs Trophäensammeln haben wir übrigens auch erfahren.«

Damit hatte er offenbar nicht gerechnet. Sein linkes Augenlid flatterte etwas, als er die Kommissare mit einer knappen Handbewegung hereinbat. Nun wollte er sie doch lieber nicht an der Tür abfertigen.

Da Tillner auf Antjes Bemerkung nicht einging, fuhr sie einfach fort:

»Ich werde Ihnen sagen, wie es jetzt weitergeht. Es ist nur eine Frage der Zeit, bis Sie uns eine DNA-Probe geben müssen. Wir sind sicher, dass Sie Marieke Halsema getötet haben. Je länger Sie die Tat leugnen, desto schlechter wird Ihre Position beim späteren Strafprozess sein. Oder glauben Sie, dass Sie sich wieder freikaufen können, so wie Sie es bei der damaligen Diebstahlanzeige getan haben?«

Dass seinerzeit Geld geflossen war, vermutete Antje nur. Doch sie war sicher, dass ihr Schuss ins Blaue ein Treffer gewesen war. Tillner konnte nicht still stehen, er lief hin und her wie ein Tiger im Käfig. Ob ihn wegen des Mordes sein Gewissen drückte?

»Ich habe Marieke nicht erstickt.«

Im nächsten Moment riss Tillner die Augen auf. Antje war sicher, dass er sich am liebsten auf die Zunge gebissen hätte. Es war zu spät. Jetzt war der entscheidende Satz schon über seine Lippen gekommen. Das war auch Witte nicht entgangen.

»Woher wollen Sie denn wissen, dass das Opfer erstickt wurde? Es gibt zahlreiche andere Tötungsarten. Wir haben uns Ihnen gegenüber nie darüber ausgelassen, auf welche Weise Marieke Halsema ums Leben kam.«

Tillner legte den Kopf in den Nacken und schloss die Augen. Sein Brustkorb hob und senkte sich.

»Ich hatte nicht vor, sie umzubringen. Wirklich nicht.«

»Erzählen Sie doch einfach, was geschehen ist«, schlug Antje vor. »Sie können auch zunächst Ihren Anwalt kontaktieren.«

»Nein, ich will das jetzt endlich hinter mir haben. - Ich war völlig geschockt, als ich mich Montagnacht in Mariekes Schlafzimmer umschaute und sie mich plötzlich mit einem Messer angriff. Dafür hatte ich keine Erklärung. Erst später sagte ich mir, dass sie ein düsteres Geheimnis haben musste.«

Damit liegst du gar nicht mal so falsch, dachte Antje.

Tillner fuhr fort: »Marieke ließ das Messer fallen und rannte davon. Ich presste ein Handtuch auf die Wunde und nahm das Messer an mich. Fragen Sie mich nicht, warum ich das getan habe. Vielleicht, um mich bei einem neuen Angriff verteidigen zu können. Jedenfalls verließ ich die Wohnung, wie ich es Ihnen schon gesagt habe. Am nächsten Tag kaufte ich Verbandsmaterial, versorgte meine Wunde und ordnete meine Gedanken. Natürlich hätte ich zur Polizei gehen und Marieke anzeigen können. Aber … diese Frau hatte mich fasziniert. Das klingt vielleicht merkwürdig, weil sie mich ja attackiert hatte. Womöglich war es auch der Reiz, mit der Gefahr zu spielen.«

»Und Sie haben noch nicht direkt am Dienstag Kontakt aufgenommen?«, wollte Witte wissen.

»Nein, ich kämpfte mit mir selbst. Übrigens stimmt es, dass ich mir ein Erinnerungsstück aus dem Schlafzimmer stibitzen wollte. Nennen Sie es meinetwegen eine Trophäe, ich halte diese Angewohnheit für eine harmlose Marotte. Schließlich redete ich mir ein, dass ich ja auch ein Stück handgefertigte Seife im Laden kaufen könnte. Womöglich würde bei der Gelegenheit ein ruhiges Gespräch mit Marieke möglich sein.«

»Sie hatten nicht vor, sie mit Hilfe des Messers zu erpressen?«, fragte Antje.

Tillner schüttelte den Kopf.

»Nein, ganz gewiss nicht. Doch als ich das Geschäft betrat, wurde sie sofort wieder wild. Sie drohte, mich zu erschießen. Dann eilte sie Richtung Verkaufstheke. Womöglich hatte sie dort eine Waffe. Ich musste handeln und warf sie zu Boden. Plötzlich hatte ich ihr Halstuch in den Händen. Ich befürchtete, dass sie schreien würde. Also presste ich den Stoff auf ihr Gesicht. Ich wollte nur, dass sie sich beruhigte. Marieke zappelte, doch plötzlich wurde sie ganz ruhig. Ich tastete nach ihrem Puls und stellte fest, dass sie nicht mehr lebte. Da bekam ich Panik und lief davon.«

»Sie hätten einen Arzt rufen können«, stellte Antje fest.

»Glauben Sie mir, Marieke war tot. Kein Mediziner hätte ihr mehr helfen können. Und nach der Vorgeschichte, die ich mit ihr hatte, wäre ich doch sofort als Mörder abgestempelt worden.«

Antje hob die Augenbrauen.

»Sie haben das Opfer auf dem Gewissen, das kann man drehen und wenden, wie man will. Ob Sie nun wegen Mordes oder vielleicht nur wegen Totschlags im Affekt angeklagt werden, muss die Staatsanwaltschaft entscheiden. Wir nehmen Sie jetzt zunächst fest, Herr Tillner.«

Witte hatte auch noch eine Frage, während er den Verhafteten abtastete und dessen Taschen nach gefährlichen Gegenständen durchsuchte.

»Warum sind Sie eigentlich noch auf Juist geblieben, nachdem Marieke nicht mehr lebte?«

»Ich wäre gern früher abgereist, aber das erschien mir zu riskant. Ich hatte ja diese Ferienwohnung für mehrere Monate gebucht. Es wäre dem Vermieter bestimmt verdächtig erschienen, wenn ich so kurze Zeit nach einem Verbrechen Hals über Kopf die Insel verlassen hätte.«

Antje musste Tillner innerlich recht geben. Eine solche Aktion hätte die Inselpolizisten zweifellos auch auf den Plan gerufen.

Witte und sie hatten diesen kniffligen Fall trotz einiger Missverständnisse gelöst. Es war ihnen als Team letztlich doch noch gelungen, den Täter festzusetzen.

Ich habe mich schon fast an dich gewöhnt, sagte sie innerlich zu ihrem Kollegen und warf ihm einen liebevollen Blick zu. Und hoffte darauf, dass er es nicht bemerkte.

ENDE

Ostfrieslandkrimi-Empfehlungen
des Klarant Verlages

Lernen Sie von Sina Jorritsma auch die Ostfrieslandkrimi-Serie „Mona Sander und Enno Moll ermitteln" kennen:

Friesische Inselidylle? Von wegen! Auf der ostfriesischen Insel Borkum lösen Kommissarin Mona Sander und ihr Kollege Enno Moll knifflige Mordfälle. Die emotionale Kommissarin geht bei der Verbrecherjagd gerne ihren eigenen Weg und scheut dabei kein Risiko ... Bei der Krimireihe der Autorin Sina Jorritsma ist Hochspannung garantiert!

In der Serie sind bereits folgende Ostfrieslandkrimis als Taschenbuch und eBook erschienen:

1. Friesenbraut
2. Friesenkreuz
3. Friesenlauf
4. Friesenflirt
5. Friesenwahn
6. Friesenstalker
7. Friesenjuwel
8. Friesenwrack
9. Friesenbarbier
10. Friesenstrand
11. Friesenlist
12. Friesenblues

Alle Ostfrieslandkrimis von Sina Jorritsma können unabhängig voneinander gelesen werden.